COLLECTION FOLIO

Pierre Autin-Grenier

Toute une vie bien ratée

Gallimard

© Éditions Gallimard, 1997.

Pierre Autin-Grenier est né à Lyon un 4 avril à mi-siècle ; il se promène pour le moment entre la quarantaine rugissante et une cinquantaine bonhomme ; toujours sur la brèche cependant et prêt à grimper sur la barricade. Auteur de poèmes en prose, nouvelles, récits et textes courts d'autofiction, il partage son temps entre sa ville natale et le Vaucluse où il habite.

Ce livre est pour distraire MUSIC,
l'ami fidèle, le camarade enchanteur,
mon chien;
il lui est très affectueusement dédié.

Je ne suis rien.
Je ne serai jamais rien.
Je ne peux rien vouloir être.
À part ça, je porte en moi tous les rêves du monde.

FERNANDO PESSOA
Tabacaria

Nous avons à apprendre des bêtes et des plantes ce que nous avons désappris de nous-mêmes en marchandant notre génie.

RAOUL VANEIGEM
Nous qui désirons sans fin

L'enfance a ses répits que l'homme ne connaît plus. Les fauves sont en nous. Il faut dormir debout une hache à la main.

RENÉ FREGNI
Elle danse dans le noir

Je n'ai pas grand-chose à dire en ce moment

Je passe mon temps à prendre des notes sur le petit carnet quadrillé gainé de cuir noir qui partout m'accompagne. Ça commence à faire une paye que je trimballe ce carnet avec moi, je ne saurais même plus compter les années ; peut-être ne vaudrait-il mieux pas d'ailleurs. Toute la sainte journée je note des trucs bizarres là-dessus ou alors des pensées qui viennent zigzaguer à travers ma cervelle cabossée et que, dans l'instant, je trouve prodigieuses. Si je croise dans la rue un éléphant triste je le note, si j'aperçois un touriste japonais trafiquant dans une pharmacie de Knokke-le-Zoute je le note aussi. Réflexions, maximes, sentences et aphorismes c'est par kyrielles que je les aligne ; d'une page l'autre j'en fais d'étourdissants chapelets de saucisses fumées. Rien ne m'échappe en somme, mais de toutes ces notes je ne fais rien non plus. Elles restent figées dans mon carnet comme des litrons renversés sur un hérisson à bouteilles. Inutiles.

Je me dis que si j'étais coincé entre les quatre murs aveugles d'une cellule de prison, et pourquoi pas ?, sans doute écrirais-je partout avec la pointe patiemment effilée d'une petite cuillère en alu : sur le sol pour recenser les saisons et n'en oublier aucune, sur mon écuelle et mon quart pour clamer ma révolte, sur les tinettes aussi des poèmes décoratifs. Je crois que je trimerais vraiment comme un grand nègre, nuit et jour, pour calligraphier tout cela à même le moisi des murs et laisser trace de toutes les intempéries qui m'auraient déréglé la boussole. Vrai, je composerais même des élégies de tête, des romans-fleuves aussi qu'il ne me resterait plus qu'à transcrire sur papier libre et publier sous un nom d'emprunt une fois parvenu à l'apothéose de l'évasion. (Je m'évaderais en technicolor-panavision, comme je l'ai vu faire à Steve Mac Queen, en 1963, au Ciné-Palace, alors que j'avais dix-sept ans et un carnet neuf en poche.)

Non, je reste là à compter les clous de la porte tout en me mâchonnant l'intérieur des joues. Le plus clair de la semaine je l'emploie à faire bouger doucement mes orteils au-dedans de mes souliers pour m'assurer ainsi que je suis toujours en vie, et le dimanche ce n'est guère mieux, c'est seulement dimanche en plus et voilà tout. Parfois je m'inquiète de savoir si cet état d'anéantissement va se prolonger toute une éternité et me laisser encore longtemps tel un demeuré dégoulinant d'angoisse devant une écluse. D'autres fois je me dis qu'il faudrait en finir et me fiche à la flotte avec mon carnet, une bonne fois pour toutes ; mais ce genre de pensée me trouve toujours assez irrésolu ou alors survient juste quand c'est plutôt le moment de décapiter une canette, sans compter que je ne sais même pas nager.

Hier matin, excédé devant ce carnet noirci de mots pour rien et n'y tenant plus, j'en ai extrait le petit répertoire amovible encarté à la suite des feuillets quadrillés et sur lequel sont notées les coordonnées de tous les gens que je connais, et même d'autres, perdus de vue depuis lurette et dont je me soucie à présent autant que de colin-tampon. Que viennent faire là ces intrus ? je me suis dit ; mais il y a tant d'années maintenant que je traîne ce fichu carnet avec moi !... Pour corser l'affaire j'ai décidé de commencer précisément par ces fantômes ; j'ai allumé un gros module, me suis confortablement calé à ma table de travail et j'ai entrepris d'envoyer à tous mes vœux de bonne année et souhaits sincères de réussite dans le métier, santé et prospérité pour toute la famille, m'efforçant de varier les formules et personnaliser au mieux mon message pour chacun. En fin d'après-midi tout le répertoire de A à Z y était passé, ça m'a seulement coûté une coquette somme en timbres-poste et pour le reste, qu'on soit en plein mois d'août notamment, rien ne m'a rebuté ni découragé le moins du monde; qu'est-ce que j'en avais à faire après tout des caprices du calendrier? Le soir venu j'ai vidé tard une bouteille de bourbon tout seul sous la tonnelle.

Ça faisait un sacré bout de temps que ma femme tournait et retournait dans le lit sans pouvoir trouver le sommeil quand je suis allé me coucher. «Je crois que tu n'as vraiment pas grand-chose à dire en ce moment» elle a dit. J'ai fermé les yeux comme un enfant, j'ai pensé très fort à mon ange gardien, en moi-même j'ai murmuré: «Seigneur! pourquoi m'as-tu abandonné?» J'ai dormi.

Des nouvelles du temps

Ce matin encore le bulletin météo était aussi lamentable que Dustin Hoffman et la Floride dans *Macadam Cow-boy*. On se demande parfois si ça vaut le coup de vivre dans une région dont tous les dépliants touristiques célèbrent l'ensoleillement exceptionnel, alors qu'il pleut sans cesse depuis deux mois sur le chapeau des champignons, l'âme des gueux et tous les potagers des environs. Ce n'est pas tout à fait l'endroit pour cela certes, mais je suis bien sûr que s'il y avait des pingouins dans le coin, ils périraient noyés juste en allant faire leur marché. Pour finir, cette pluie, qui sans discontinuer s'acharne à vous transpercer le plumage, me colle l'humeur chagrine et me ramollit le cerveau comme une gaufrette ; c'est le genre de situation encore plus féroce que si j'étais resté quinze jours sans retirer mes bottes (peut-être même qu'à l'intérieur j'ai déjà les pieds palmés ; il faudrait que j'aille y regarder de plus près).

Qu'imaginer d'autre, sous un tel court-bouillon, que patauger jusqu'à la boîte aux lettres dans l'espoir d'y trouver une enveloppe amie (je reconnais d'emblée l'écriture!) avec, dedans, un billet d'avion pour un de ces pays où l'on peut voir des hippopotames aux yeux d'insomniaques faire chavirer de jeunes piroguiers noirs sur le fleuve Niger, ou bien des sorciers animistes au regard halluciné envoûter des guerriers peuls? Ou alors: direction Sydney! En Australie, on me dit, le temps c'est le temps de boire une bière en compagnie des kangourous ; c'est le temps de s'allonger à l'ombre d'un eucalyptus et de découvrir, suspendu à une branche, un koala rigoleur. Oui, au pays des grands espaces le temps n'existe pas: vous quittez l'avion, il faut enlever votre montre! C'est comme ça. En tout cas c'est ce que certifie la publicité dans ma boîte aux lettres ce matin, et aussi que Sydney n'a jamais été aussi proche de mon paillasson «à partir de 8 740 francs». Bien sûr, à ce tarif, cela reste pour moi une affirmation tout à fait invérifiable.

De retour, le mégot détrempé et ma démarche flic flac à cause des pieds palmés, j'ai dit à ma femme tu vois nous n'irons sans doute jamais à Sydney; jamais nous n'irons baguenauder sur la place de la Vieille-Ville, à Prague, entre la haute silhouette gothique de Notre-Dame de Tyn et le beffroi de l'Hôtel de Ville. La grande muraille de Chine, T'ien-tsin, Shanghai, Han-k'eou, ce n'est pas pour nous; les îles et Zanzibar aux heures de pointe, nous n'en connaîtrons jamais ivoire ni clous de girofle ni noix de coco! Nous ne sommes même pas membres d'«American Express»; alors pour nous distraire ne nous reste plus qu'à placer du poil à gratter sous les plumes des petits oiseaux et tenter d'en rire. Voilà à peu près ce que je lui ai dit pour bien signifier toute ma détresse, cependant que dehors, imperturbable, la pluie s'acharnait malgré tous les prospectus de l'office du tourisme et les autocars qui, en ville, devaient certainement continuer à déverser leur cargaison de visiteurs transis devant la synagogue.

Je me suis interrogé un instant pour savoir s'il ne serait pas plus judicieux de mettre définitivement les pieds sur la table (avec mes chaussettes reprisées aux talons!) et, renversé sur ma chaise un cierge de La Havane au bec, attendre ainsi les siècles nécessaires à une amélioration météorologique. J'aurais placé sur le pick-up ce temps durant un vieux Dylan rayé, genre *Times Are Changin'* ou quelque chose comme ça, histoire de ne pas perdre patience. (Un fond de mauvaise conscience m'entraînait cependant à penser que c'était sans doute là une solution de facilité.) Quatre heures sonnaient au carillon, il flottait toujours en abondance sur la Floride locale, Dustin Hoffman maintenant agonisait pour de bon recroquevillé en chien de fusil sur le carrelage de la cuisine et, à cent lieues à la ronde, on n'aurait déniché le moindre pingouin : tous submergés depuis longtemps sous cette tourmente céleste! Il ne me restait plus dès lors qu'à sortir scier torse nu du bois sous la pluie ou partir à poil et sans panier à la cueillette des champignons, dans l'espoir insensé d'attraper la mort et d'en finir au plus vite.

C'est quand elle m'a dit en rigolant tu sais Sydney c'est zéro à côté de ton sourire triste ; deux fois la Chine communiste, Deng Xiaoping et tout Zanzibar, noix de coco et chocolat, ça ne vaut pas tripette comparé à ton sérieux de zouave pontifical ; c'est précisément quand elle a dit ces trucs-là que ça m'a fait tout d'un coup comme si je venais vraiment de trouver des billets d'avion dans la boîte aux lettres! Et nous voilà partis tous les deux voyager en hamsters frileux par-dessous le dessus-de-lit vert pomme de la petite chambre basse, sous les combles. Le temps s'est écoulé, comme ça, en attendant que les escargots et les grenouilles (qui sortent toujours dans l'herbe après la pluie) viennent frapper au carreau pour nous dire que c'est fini : le soleil revient à nouveau !

Poème du cancer
des bronches

C'est un peu comme un 110 mètres haies qui se disputerait d'une manière acharnée et sans concession aucune entre le cancer des bronches et moi. Le matin je commence à toussailler et un peu l'après-midi aussi ; mais quand même, je saute encore tous les obstacles pour le moment, je grille tous les feux rouges et fonce sans souci à travers les plaines stériles de l'ennui telle une vieille loco, crachant fumée et flammes, lancée à la conquête du Far West cependant que les Indiens de la tribu Nicotine arrosent le convoi de flèches empoisonnées et, narguant les wagons de queue, déjà entament la danse du scalp ! Mais j'ai bon espoir, je vous le dis, d'arriver au-delà du Mississippi avant que ces fils de sauvages n'aient eu le temps de me jeter un sort et me réduire à leur merci.

Avec toutes les allumettes que j'ai grattées pour embraser des bouts de mégots ou inaugurer une cigarette fraîche roulée, je crois que des bergers cévenols ou bien de jeunes vachers lozériens un peu habiles de leurs dix doigts pourraient sans peine, l'hiver à la veillée, confectionner des centaines de tours Eiffel modèles réduits qui feraient ensuite la fortune des magasins de curiosités de Saint-Flour. Je crois même, s'ils voulaient bien unir leurs efforts, qu'ils pourraient réaliser une maquette grandeur nature de la tour Eiffel et l'installer alors à La Bourboule où des curistes bronchitiques et déplumés en auraient aussitôt le souffle coupé pour de vrai. Mais tout cela ne servirait à rien en fait, car l'art restera toujours une préoccupation étrangère au plus grand nombre et fumer un passe-temps pour privilégiés quatre étoiles. Non, ce qui me captive pour l'instant, c'est de gagner cette course de vitesse contre le cancer des bronches et sauter les piquets d'une courte tête avant qu'il ne m'ait rattrapé ; seulement par fanfaronnade et aussi fascination pour l'inutile, bien sûr.

J'ai un ami qui s'est arrêté de fumer pour, deux mois plus tard, brûler vif dans sa voiture lors d'un banal accident de la circulation. Il s'appelait Martin et il doit bien y avoir au moins vingt ans de cela maintenant. Sur les millions de cigarettes que j'ai grillées depuis ce carambolage tragique, il m'est arrivé de penser plusieurs milliers de fois à Martin qui a réchappé définitivement au cancer des bronches, et les ronds de fumée que je faisais alors avec mon clope directement montaient au ciel, comme les grains d'un chapelet gonflés à l'hélium, pour demander à Dieu que l'âme de Martin repose en paix car il a mérité cela il me semble. Ainsi vous voici vingt mètres en l'air en train de rêver la vie sur un fil et, sous prétexte que vous n'êtes pas équilibriste professionnel, vous vous écrasez sottement sur le trottoir. Retour de la boulangerie où vous êtes allé quérir des croissants, au coin d'une rue la grippe espagnole vous saute au col et tantôt vous emporte! Le poète Jean Follain avait-il seulement sa cigarette au bec, le 10 mars 1971, lorsqu'il s'est fait écrabouiller par un corbillard en traversant en rêvassant le quai des Tuileries, à Paris?... Alors le cancer des bronches a beau cravacher dur, moi je tiens la corde et tire sur ma cibiche comme une troupe de cowboys sur les Peaux-Rouges!

Et puis, dans toute cette histoire un peu bancale, il y a un truc aussi dont j'aurais voulu parler parce que c'est le genre de chose qui, lorsqu'elle se reproduit à intervalles rapprochés, a le chic pour me mettre tout à fait les nerfs en boule. Voilà: je suis installé dans un petit coin pépère à ne rien faire et seulement fumer, quand la sonnerie du téléphone soudain me fend la cervelle en deux dans le sens de la longueur. Pendue au bout du fil il y a une groupie d'une secte antitabac qui me bassine des heures durant pour me vendre une cure miracle qui me remettra les poumons à neuf. Je suis en phase terminale du cancer des bronches, je dis, et déjà j'ai des métastases qui sautent comme des morpions jusque dans le récepteur téléphonique! Qu'à cela ne tienne, ce genre de cinglée ne se décourage pas pour si peu et bientôt il me faut cisailler le fil du téléphone pour parvenir à m'en dépêtrer et lui couper définitivement la chique.

D'autres fois c'est ma boîte aux lettres qui dégorge de prospectus de ce soi-disant «Centre International Antitabac» qui voudrait prolonger mon espérance de vie de sept à dix ans; sans avouer cependant qu'à mon âge, échappant de la sorte à tous les cancers de la planète, je multiplierais allègrement par sept ou dix mes chances de tomber en démence sénile ou dans les pattes de la maladie d'Alzheimer, tellement à la mode à notre époque! Suit un questionnaire serré où l'on en profite pour affirmer outrageusement que la volonté me manque et que sauver ma vie par cette méthode imbécile coûtera moins cher que mes cigarettes. À croire que ces perfides tiennent à s'accrocher à mon porte-monnaie avec un plus bel entrain que le goudron à mes rustiques poumons! Non, vraiment, tous ces gens-là n'ont rien compris à la vie, ni au 110 mètres haies, ils n'ont jamais eu la curiosité d'aller voir de près Saint-Flour (et le Beau Dieu Noir) et jamais ne rêveront non plus aux Peaux-Rouges, la nuit; oh! les malheureux!

Et voici, chers lecteurs, que nous allons maintenant franchir ensemble la ligne d'arrivée de ce grand poème épique; à la frontière du Mississippi est tendu le large ruban tricolore! Le cancer des bronches, casaque de soie rose à pois verts, toque noire, dans un méchant effort malmène sa monture et moi, bien que montant à cru mon essoufflé canasson, je passe les Peaux-Rouges; déjà, à travers la fumée de ma cigarette, je vois là-bas se dessiner la victoire en volutes bleu bonheur. Ça y est! C'est du tout cuit! d'une bonne tête je double le cancer des bronches; la foule des fumeurs en folie trépigne et applaudit: ils sont venus de Saint-Flour et de Landreville, il y a Martin aussi, debout dans les tribunes! Pari gagné, je triomphe haut la main et remporte facile le Super Grand Prix de la Régie Française des Tabacs! Vraiment, pour aujourd'hui encore je crois que c'est une belle victoire et, pour la postérité, un bien joli poème aussi.

Le placard

En réalité et jusqu'à ce jour, nous ignorions tout de ces gens dans la promiscuité desquels nous vivions depuis cinquante ans maintenant. Si, au début, communiquer entre nous avait été interdit par ordonnance (le règlement dûment punaisé au fond du placard était toujours là pour nous le rappeler), très vite cela nous avait rassurés bien plus que contraints : nous n'avions nulle donnée météorologique à échanger, pas la moindre envie de palabrer à l'infini sur notre sort et philosopher sur l'avenir du monde en mastiquant du pain dur n'était non plus notre fort ; ce mutisme absolu, que nous observions scrupuleusement et de bonne grâce, en fait, nous avait comblés tout ce temps durant et sans doute épargné bien des déconvenues et contrariétés de toutes sortes.

Tôt le matin, les autorités entrebâillaient l'une des portes du placard par laquelle filtrait alors un mince rai de lumière (indispensable à notre activité) et, chacun ayant reçu son contingent d'uniformes, nous nous occupions aussitôt, recroquevillés les uns contre les autres, qui à percer les boutonnières et les orner de brandebourgs, qui à coudre les boutons de cuivre doré, certains, plus au fait des us et coutumes militaires, fixant les galons appropriés sur les bas de manches ou les épaulettes des vareuses. Il ne nous était point permis de la sorte d'oublier, ne fût-ce qu'un instant, le rôle essentiel de nos armées : quelque part dans les pièces annexes, voire disséminées dans les étages, elles veillaient à notre sécurité tout en s'employant à l'édification de la société nouvelle dans laquelle, bientôt, chacun serait désormais libre de se croire libre.

Pourquoi a-t-il fallu que ceux qui vivaient entassés sous les lits, ayant fait alliance avec les enfermés de l'alcôve (dont la situation privilégiée, au regard du relatif inconfort de notre placard, était unanimement connue), sans raison apparente soudain s'insurgent? Mutinerie en un tournemain matée certes, mais qui eut pour conséquence l'octroi à tous d'un quart d'heure de promenade silencieuse dans une partie seulement du petit salon (à la hâte aménagé à cet effet par les autorités), où chacun peut dès lors se dégourdir les jambes et tourner en rond à peu près à sa guise dans une oisiveté insipide.

Bien que la plupart se trouvent parfaitement désemparés face à cette nouvelle prérogative qui vient tout juste de nous échoir, il est à noter cependant que déjà quelques esprits forts ont su mettre à profit la faiblesse sans doute passagère du pouvoir pour échanger entre eux de furtifs clins d'œil, des regards de tacite connivence et, par certains signes discrets, laisser comprendre leur ferme détermination à pousser plus avant la revendication; cela au risque de mettre tout l'appartement en péril, voire de provoquer un conflit généralisé dans l'immeuble.

C'est peu dire qu'aujourd'hui, réintégrant notre placard après cet entracte passé en vaines rêveries et manigances, l'ambiance n'est plus la même, l'atmosphère est trouble. Crainte et suspicion ont remplacé la solide indifférence que nous éprouvions les uns à l'égard des autres, source de notre unité comme de notre tranquillité. De jeunes téméraires n'hésitent plus à échanger parfois de légers murmures ou quelques chuchotis, au mépris du règlement. Se trame ainsi dans le noir le projet fou de se précipiter, à la faveur d'une promenade, vers l'unique fenêtre du petit salon et tenter de l'ouvrir brusquement pour un instant faire respirer les murs; certains envisageant même, si les autorités n'ont pas la main assez prompte, de se pencher une seconde au-dehors! (Comme si le bonheur courait torse nu dans la rue!) Plus tragique encore le dessein que nourrissent d'autres de se jeter en nombre sur la porte d'entrée, dans l'illusion qu'un ou deux puissent ainsi franchir le seuil et trouver refuge dans l'appartement voisin!

Sans doute mon grand âge, aussi les années passées dans ce placard, ne m'autorisent-ils guère à porter un jugement à long terme sur ces drôles d'événements; comment ne pas trembler cependant pour cette jeunesse qui tente aujourd'hui de se soustraire au solide encadrement dont nous avons toujours bénéficié et ambitionne d'affronter de ses seules mains nues le tourbillon des périls extérieurs?

C'était un gars avec une vespa
et des chaussettes vertes

C'est un peu comme si j'avais dit à mon copain continue avec la vespa par la route, moi je vais marcher seul au milieu de la voie ferrée jusqu'au village, on se retrouve au buffet de la gare et une loco folle m'aurait à moitié écrabouillé juste avant d'arriver sous la verrière. Ça a l'air d'une plaisanterie un tantinet tarabiscotée et, du point de vue littéraire, je vois bien que ça ne vaut pas tripette mais pourtant il ne me vient rien de plus sérieux à l'esprit pour expliquer dans quel bouillon sordide j'ai mijoté quasiment toute la journée. Pour parfaire le tout, à partir de midi la pluie s'est mise à tomber. Dans cette contrée en cul-de-sac où je vis, autant dire que lorsque arrive la pluie il vaut mieux d'entrée se flinguer. Le copain à la vespa je ne l'ai jamais revu non plus ; ce n'était pas un type à trop supporter les ciels mouillés, je crois, ni les complications d'ailleurs. Alors j'ai continué comme ça, à moitié écrabouillé, titubant au milieu des rails dans l'espoir insensé de parvenir cahin-caha jusqu'à l'apéro du soir.

Remarquez, j'aurais pu tout aussi bien m'allonger à même le ballast et, nez en l'air, attendre entre deux ondées de voir passer un vol de petits hérons gris, des colverts ou tout autre migrateur annonciateur d'un proche retour des beaux jours et de la fin des embrouilles. On peut toujours rêver. Certes, pour des tas de quidams, s'étendre le long d'une voie ferrée sous la pluie et renifler les nuages dans l'espérance d'un vol de petits hérons gris ne cessera jamais d'apparaître comme le comble de l'ineptie. Mais qu'importe après tout, quand ces gens-là vivent en permanence dans l'extravagance d'un quotidien des plus absurdes! Non, ce qui m'a décidé à ne pas renoncer et continuer à clopiner tel un agonisant ou un ivrogne le long des rails, c'est cette rengaine qui sans cesse me revenait à l'esprit tandis que je progressais en crabe d'une traverse l'autre et qui disait à peu près ceci: «J'étais bien plus heureux avant, quand j'étais cheval.»

Avec le gars à la vespa, c'est des lustres et des lustres que nous avions passés ensemble à faire tourner du Brel sur un Teppaz dont nous changions le saphir quand vraiment les microsillons grattaient trop pour qu'on puisse raisonnablement poursuivre ainsi sans massacrer complètement toutes les belles mélodies. Parfois, à cheval sur la vespa, nous partions en plein milieu de l'année réveillonner à Aix-en-Provence chez des amis surpris ou alors, l'après-midi, visiter des cimetières inédits ou encore, la nuit, assister à l'autre bout de la ville à d'invraisemblables incendies. Et quand il flottait trop, comme aujourd'hui, on s'en allait alors promener nos chiens et nos chiennes sous de formidables tables de bistrots dans des cafés perdus au fin fond des campagnes. La plupart du temps, l'aube nous retrouvait attablés en chaussettes vertes, noctambules intrépides, à boire des bocks et fumer des cigares dans d'incertains buffets de gares. Mais aujourd'hui que me reviennent en mémoire ces instants d'autrefois et qu'il pleut depuis midi, je peux dire que c'est un peu comme : « continue avec la vespa par la route, moi je vais marcher seul au milieu de la voie ferrée jusqu'au village ». Et voilà tout.

Ainsi, boitillant tel un chien blessé dans l'imbroglio des rails, ruiné par le crachin, mais malgré tout mains aux poches et nez au vent, je flairais peu à peu qu'il était possible d'atteindre sans trop d'encombre l'apéro du soir et échapper peut-être au bouillon sordide dans lequel avait mijoté toute cette sale journée (et même une partie de mon existence aussi). Je me dis tu as bien fait de ne pas renoncer et t'allonger sur le ballast et, ce faisant, c'est un immense vol de colverts qui, très haut dans le ciel gris, étire une longue ligne de vie. Alors pourquoi ne pas rêver aussi la loco folle stoppée par les Peaux-Rouges, notre jeunesse toujours faisant le coup de feu dans les faubourgs et Brel, sous la marquise de la gare, encore piaffant tel un cheval fringant? Vrai, avancer lentement le long des rails, seulement guidé par l'ange de l'inquiétude, m'apparaissait d'un instant l'autre finalement plus convaincant que rouler en vespa sur une départementale fraîchement goudronnée d'ennuyeuses certitudes. J'allumai un clope, un rayon de soleil s'en vint mine de rien faire barrage à la pluie, le train de la nuit était encore loin derrière les montagnes lorsque j'arrivai peinard sous la verrière de la gare.

«Continue avec la vespa!» me revenait sans cesse en tête tandis qu'au clocher de la paroisse s'égrenait l'angélus de l'anisette et je me demandais vers quel pays pouvait bien faire route mon copain à cette heure-ci, alors qu'installé tranquille à la buvette je me trouvais maintenant bizarrement heureux, tout à fait comme un cheval attablé seul devant son Picon-bière et qui se mettrait à rêver, les yeux au ciel, à d'inaccessibles étoiles.

137, rue Cuvier

Me voici arrivé à l'âge où enfin ma mère a peur de moi. Je tourne deux fois mon double de clef dans la serrure qui grince, pousse la porte de son réduit et entre sans frapper. Je ne préviens jamais non plus de ma visite : elle me répondrait au téléphone qu'elle est morte. « Comment ça va ? » je dis, tirant à moi l'une des deux chaises et m'asseyant d'autorité tandis qu'elle reste posée, raide et fragile à la fois, sur le rebord du canapé. D'un seul coup de hache, tant elle est d'une maigreur squelettique maintenant, je crois que je pourrais facilement la couper en deux. « Tu es mieux qu'à l'hospice ici ? — Oui » elle dit, effrayée. Je demande si elle prend toujours régulièrement son Renutryl, si elle y voit encore un peu clair malgré le diabète. Sur le téléviseur il y a, encadrée de cuir bouilli, une photographie passée de son amant préféré ; aussi une ridicule Sainte Vierge en plastique fluorescent. J'ai l'impression d'être figurant dans un mauvais film des années trente et je trouve déjà le temps long.

Je déplie sur la table un exemplaire du *Progrès de Lyon* d'avant-hier, il fera office de nappe; j'ai acheté chez le traiteur de la rue Masséna des aspics de volaille, deux tranches fines de jambon; vite fait chez le boulanger j'ai attrapé une ficelle et des barquettes aux fraises. Elle n'a pas faim. «Mange!» Ses yeux s'affolent dans ses orbites. Quand j'ordonne elle entend gronder un rhinocéros; je la fixe d'un air réprobateur cependant que sous la table ma chaussure cloutée bat les secondes. «Il faut manger pour vivre; puisque tu veux vivre encore.» Par quelques gémissements outrés elle tente en vain de se rebiffer, sa fourchette lui échappe des mains, elle supplie de ne plus hurler comme ça: la voisine va tout entendre! Les cloisons ce sont des feuilles de tremble dans cet immeuble pour vieilles femmes abandonnées dont l'unique loisir est de guetter la mort des autres et s'adonner, entre-temps, à médisances, ragots et chamailleries. Nous venons à bout du jambon. Au dessert je m'efforce à un sourire de pitbull, mais les barquettes aux fraises sont insipides.

Dans ce fatras d'organes élimés jusqu'à la corde mais dont aucun n'entend lâcher semble-t-il, je trouve que son cerveau fêlé fonctionne bien au-delà des espérances laissées par le diagnostic de l'Hôpital Gériatrique du Val d'Azergues d'où je l'ai extraite, à contrecœur, voilà un an et demi. «Tu te souviens de tes deux filles? Qu'en as-tu fait? Pourquoi ne sont-elles pas là aujourd'hui?» Elle bleuit brusquement. «Laisse-moi.» Elle voudrait pouvoir redouter que je ne la frappe soudain, mais elle sait que je ne le ferai pas; elle n'a peur maintenant que du passé, c'est lui qui la brutalise le jour, la harcèle la nuit. C'est du passé que je viens lui parler le plus souvent, l'avenir est trop connu. J'évoque l'enfance en lambeaux qu'elle m'a tricotée, j'interroge en juge d'instruction sur la disparition de mon père. «Laisse-moi maintenant.» Comme j'insiste, elle s'embourbe dans des mensonges anciens qu'elle mélange à de plus récents; elle s'enfonce, s'enlise dans l'angoisse. Lessivée, elle parvient à s'allonger, déformée et toute de traviole, sur son divan; c'est un lavis tragique d'Egon Schiele aperçu jadis à l'Albertina de Vienne. C'est de ce charnier que je viens, pour tenter sans espoir de gagner les étoiles.

Je replie mon couteau, rince les deux assiettes sous le jet de la douche (le robinet de l'évier ne fonctionne plus, paraît-il). Je dis: «À quelle heure passe l'infirmière?» Cela va faire dix-huit mois que Madame Leprince grimpe le troisième du 137, rue Cuvier matins et soirs. Digoxine, Hept-a-myl, Nitriderm, Imovane, Xanax, Lasilix, Clédial, toute une pharmacopée propre à tenir éveillé un lion mort. « Je n'attendrai pas l'infirmière ; j'ai à faire. — Oui, oui » elle marmonne, c'est tout. Résignée. Comme j'annonce que finalement je vais partir tout de suite, elle soupire encore, sans que je puisse connaître si c'est de soulagement ou de regret ; les deux mêlés sans doute. Peur de moi, peur d'être seule. « Je veux t'accompagner jusqu'à la porte. » Je l'aide quand même à chausser ses pantoufles ; je me dis qu'il n'y aura bientôt plus personne dans ces pantoufles ; avec effort elle parvient à se mettre debout. Béquillant d'un côté et s'agriffant de l'autre au mur, elle arrivera tant bien que mal jusqu'au palier. « Adieu, je dis, je reviendrai dans quelque temps. » C'est fini.

Sitôt que je me suis dégourdi les jambes sur le boulevard et que j'ai quitté son quartier, j'avise un café à mon goût et m'installe un instant en terrasse, pour voir passer les gens.

Rêver à Romorantin

Quand depuis plus de deux mois pleins on n'a aucune nouvelle de Romorantin et qu'ici, vraiment, c'est grisaille et gadoue, je ne crois pas bien malin de gaspiller son énergie à aspirer la poussière sous les lits ou se mettre à repasser cols de chemises et gants de toilette, ou alors c'est qu'on a un chiffon effiloché dans la tête et rien d'autre pour rêver. Foin donc de toutes les futilités du quotidien et de l'inutilité des travaux ménagers qui vont m'enfermer dans un héroïsme de pacotille comme dans un cercueil de bois blanc! Mieux vaut pour aujourd'hui lâchement claquer derrière soi la porte, s'en aller vider un double daiquiri glacé avec Castro sur les tables de formica rouge du *Floridita* et régler l'addition en dollars à la barbe du *lider máximo*! Parfois vivre requiert ainsi un violent désir de désordre et c'est alors se montrer bien inspiré que d'y vite céder si l'on ne veut se retrouver à plat ventre, suffoquant sous l'âne mort de l'ennui.

Un jour, comme ça, cerné par ce paysage trop étroit, je partirai. Je le sais bien. Ça ne peut pas durer indéfiniment de fumer des cigarettes dans le vide, les yeux au plafond et pieds nus dans l'hiver. À sans cesse savonner les parquets, dégraisser les gamelles et jusqu'à l'obsession briquer les bahuts, je te préviens : tout déborde, explose et bientôt je file à la ville chanter tout bêtement des chansons décadentes dans des cabarets russes ! Alors adieu bourgeois alentour, campagne bocagère, belles-de-nuit et passeroses : je m'en irai ailleurs tout seul inventer de nouvelles fleurs ! À moi Baudelaire, musiques foraines, frites en cornets à la bonne franquette ! J'étais un peu poète, jadis, je te le dis, et publiant même dans *La N.R.F.* Me voici maintenant moulinette à légumes, liquide vaisselle, détergent biodégradable (as-tu seulement changé la litière du chat ce matin ?) et je ne te parle pas de ces sempiternelles séances de nettoyage des carreaux jaunis par la nicotine et les vapeurs de cuisine ! Trop c'est trop, je pars.

Le plus souvent, quand on s'en va, on ne sait jamais où aller. Romorantin c'est loin ; c'est déjà un peu l'Amérique et les Apaches, là-bas, vivent tous comme retirés dans les Rocheuses.

On n'en a plus de nouvelles depuis avant la Saint-Anthelme et se pointer au débotté place du Marché quand on n'y est pas attendu peut vous plonger soudain l'âme dans un sentiment de solitude éperdue ; alors que c'est justement le bonheur et la turbulente fraternité des foules que poursuit sans cesse le voyageur. Comment se trouver d'emblée de connivence avec les populations locales quand, débarquant seul sous la marquise de la gare, vos deux valises au bout des bras, s'envolent d'un coup tous les pigeons de l'esplanade ?... Me voilà maintenant réduit à une statue à clous nkisi nkondé au Musée national des arts africains, transpercé de mille doutes tous plus acérés les uns que les autres et mes velléités de voyage comme déjà rouillées dans du bois mort. Le monde est grand, je me dis, mais ne mène à rien et c'est ailleurs qu'il faut chercher.

Oh ! je t'en prie, n'en profite pas pour me tarabuster à présent avec des questions absurdes du genre « Tu pars ou non ? Et quand penses-tu partir pour de bon ? ». Ne prends surtout pas cela pour menaces en l'air quand j'avance que j'ai à portée de main un vélo dix vitesses, une auto quasiment neuve, à quai cent bateaux qui m'attendent, des équipages qui m'espèrent ! Il suffirait de cabosser les habitudes, rouer de coups l'aspirateur jusqu'à lui briser la mécanique ; il suffirait de tellement peu parfois, tu sais, pour que je saute le pas et rejoigne les équipes de «Clowns sans frontières». Ce serait quand même autre chose que secouer les tapis et remuer la poussière, d'aller porter joie et fête en compagnie de danseurs, comédiens et acrobates à des enfants au sourire déchiré par les guerres. Non?... Alors, je t'en supplie, cesse tes récriminations ! Ah ! courir le monde en nez rouge, une fleur à la boutonnière, de Zagreb à Gaza, de Vaulx-en-Velin à Romorantin !...

C'est effarant cette propension qu'ont toujours eue les femmes à ne jamais me prendre au sérieux. Enfant, mes jeux leur paraissaient futiles alors que je m'ingéniais déjà, armé de bouts de bois et morceaux de ficelle, tout simplement à rafistoler l'univers. Plus tard, faux col amidonné et chemise à plastron, je passais quand même à leurs yeux écarquillés pour poète fantasque pissant dans son violon. Et maintenant tu continues dans la lignée de celles que mes éclats de rire enrhument et que mes chagrins toujours font pouffer. Tu ne crois rien de ce que je dis, je le vois bien, et tu t'imagines que c'est ne pas savoir sur quel pied danser qu'ignorer où mes souliers veulent vraiment me mener. Face à tant de mauvaise foi, vois-tu, je préfère encore empoigner la serpillière et frotter le corridor! Il n'est pas impossible, non plus, que dès demain j'entreprenne de repeindre la cuisine. Oui. Ce sera comme je le déciderai. Voilà. Mais sache bien cependant qu'un jour pour de bon je partirai. Un jour, tout seul à Romorantin, j'irai m'asseoir sur un banc, place du Marché; et là, les yeux perdus dans le vague, longtemps je rêverai à un nouvel octobre rouge en regardant amoureusement bouger les bateaux sur la mer. Longtemps.

*Le petit poète blanc aurait
préféré être un grand nègre*

Vraiment, le petit poète blanc aurait préféré être un grand nègre et cabrioler aux trois quarts nu de traboules en savanes dans l'intimité des zébus et la frayeur des éléphants, plutôt qu'être né de cet Occident moqueur et roturier qui compte et recompte ses privilèges dans l'arrière-salle d'une boutique depuis longtemps naufragée. Alors parfois, je lui dis comme ça: «Est-ce que tu aurais épousé un nègre?... — Oui, elle répond sans hésiter, si c'était toi.» Cela me laisse pantois et un peu perplexe même; est-ce bien réplique adéquate quand je regarde dans la glace mon visage enfariné de pierrot lunaire?... Qu'à cela ne tienne, je lui dis, un jour tu seras Malienne et moi Malien, et nous irons loin au fin fond des forêts d'Afrique, peut-être même vivre en tribu avec Koltès et quelques autres joyeux barbares, et ce sera pour de bon une aube nouvelle! «Tu débloques» elle dit.

Pourtant, ici, où je vis, l'esclavage n'a pas été aboli. Pour preuve: quasiment sur mon paillasson, l'entreprise «Provence-Emballages», que dirige le redoutable négrier Yves Vœux, fait suer sang et eau à une quinzaine de captifs de la misère qui seraient certainement plus heureux et moins contraints dans une mine de sel en Sibérie ou, précisément, dans quelque bananeraie d'Afrique, écrasés de soleil mais rieurs et libres en somme. Au lieu de quoi on ne rit pas beaucoup par ici, parce que l'esclavage n'a pas encore été aboli. Les siècles se suivent et se ressemblent et, de chantage en marchandage, les trafiquants d'âmes ont succédé aux trafiquants d'hommes. Tout s'achète en monnaie de singe, se paie en faux billets; seule la dignité des pauvres ne pèse même pas une piastre percée au Palais-Brongniart. Voilà pourquoi parfois je lui dis partons; tu sais, nous pourrions vivre de trucs et de troc sous les tropiques et devenir nègres de cœur plutôt que nègres de peau. Toujours elle dit tu débloques, ma parole!, mais déjà elle rigole comme une négresse blanche.

Quand je serai nègre, et tout à fait nègre — bientôt, j'espère —, alors il ne faudra pas me marcher sur les orteils sous le fallacieux prétexte de quelque affaire de famille à régler et que dorénavant je ne fais plus partie de votre engeance bovine ni de votre clan de limonadiers fraudeurs. Hâbleur un peu, certes, mais fier de ma force, j'afficherai bien haut l'orgueilleux caractère de qui comptabilise derrière lui vingt siècles de cathédrales, de Gauguin à Hiva-Oa, de dentellières du Puy-en-Velay et de fétichistes bantous. Je ferai comme un qui, parti jadis enchaîné dans les cales d'un navire de fortune, revient superbe sur un trois-ponts avec dans ses bagages du blues, de la salsa, des étoffes à ramages d'une finesse sans pareille, des amulettes de marabout pour convertir les plus incrédules et, dans les yeux, le grand vertige des déserts pour, d'un rire silencieux, réveiller l'Occident somnolent. Elle ne rigole plus ; elle me dit : c'est beau et nous serons nègres tous deux bientôt. C'est sûr.

Dans ma campagne, en pleine brousse pour ainsi dire, mon proche voisin et ami s'appelle Koudougou Jérémie. Ma voisine dit «Roudoudou». Je lui dis : non, Kou-dou-gou ! C'est assez simple en somme et finalement moins compliqué qu'Autin-Grenier. Elle me dit : rien à faire, je n'y arrive pas. Quand je lui dis qu'il n'y a pas si longtemps nous avions un Grand Chef Blanc qui se nommait Pompidou (1911-1974) et que, si l'on veut, c'est autrement ridicule surtout quand, de surcroît, on est natif de Montboudif, alors elle se renfrogne, refuse un sucre dans le café que je lui offre et rentre chez elle fâchée. Du coup je me demande comment cela va se passer pour moi, dans ce quartier, lorsque je serai nègre... Déjà que poète n'est pas si évident à assumer, nègre en supplément risque d'être très encombrant. Alors elle me prend la main et dit doucement : viens ! quittons cette province pourrie, partons de suite pour Bangui, Bamako, Niamey ou Conakry... Elle est superbe dans son cœur cette femme, et je l'imagine déjà si belle en boubou bleu orné de broderies blanches.

J'ai fait un rêve : à force de poésie et d'imaginaire, enfin j'étais nègre, tel Aimé Césaire ! Je retournais au pays natal et retrouvais les terres fertiles de l'enfance. De loin je regardais s'agiter l'Occident moqueur et roturier, surpris un peu d'avoir un temps appartenu à cette tribu perdue. Alors elle mettait sa main noire dans ma main noire et longtemps nous marchions sur des chemins de poussière dans la chaleur du soir, allant pour ainsi dire nulle part, mais satisfaits et rassurés comme deux enfants de ce renouveau africain. Et, dans son rêve, le petit poète noir, comblé de bonheur, sourit de toutes ses dents blanches.

*Les bégonias de Nasbinals,
Thomas Bernhard et les écureuils*

Pour un peu j'aurais coupé en minuscules rondelles cent à deux cents salamis de Milan; tranches quasi transparentes qui m'auraient occupé toute une partie de l'après-midi et ce, non point par ennui ou lassitude de vivre, mais simplement dans l'espoir que cette activité rationnelle et hautement minutieuse à la longue détourne de ma cervelle cette lancinante question : à quoi bon écrire quand nous ne sommes que de la viande fatiguée, carcasses bientôt disloquées et encéphales de vaches folles?... Car c'est bien ce genre d'interrogation balourde au possible qui depuis ce matin me taraudait l'esprit, et plus absurde encore le fait que je n'aie, pour tenter de faire barrage à cette anxiété croissante, le moindre morceau de salami de Milan à me mettre sous la main! Je veux dire : voilà tout à fait une journée assez ordinaire au cours de laquelle il va falloir se montrer avide de vivre, avide des gens et des choses; seulement parce que nous sommes nés, que nous allons mourir et qu'entre les deux il n'existe pas d'autre solution qu'être un minimum combatif et utopiste. Je vais donc essayer de faire comme ça : trouver quelques petites ficelles pour parvenir en relative bonne forme à l'apéro du soir et je vous tiendrai ultérieurement au courant de l'évolution possible de toutes ces sortes de choses vers un monde meilleur.

En fait, ne soyons pas menteur, j'ai fait encore ce jour-là ce que toujours je fais lorsque je m'interroge trop fort sur le sens de l'existence et que je n'ai nul salami de Milan à me mettre sous la dent : je saute dans l'automobile et fonce comme un fou vers Nasbinals. Grimpé le col de la Chavade, passé Langogne et Grandrieu (je casse-croûte bien sûr chez Simone et Christian Laurès), je fais une courte halte au Malzieu-Ville pour un verre ou deux chez Vidal et, traversé l'Aubrac, me voici à Nasbinals. Là, après le *Café du Progrès* (chez Batifol), derrière la Maison Bastide, *Bar de la Route d'Argent*, juste en face de la petite porte marquée «ÉCOLE» en blanc sur une plaque émaillée bleue, je retrouve toujours avec bonheur au cœur de la belle saison les bégonias de Madame Souchon, renommée bien au-delà du canton pour l'excellence de sa charcuterie mais que je vénère, moi, pour ses bégonias. De ses rebords de fenêtres donnant sur la route qui mène à Saint-Urcize, éclatent et débordent les plus beaux bégonias du monde. Ce sont ces bégonias extraordinaires, bien plus que tout autres, qui offrent, je ne sais pourquoi, la particularité, dès que je les vois, d'aussitôt me rendre optimiste et heureux de vivre. Madame Souchon, elle les bichonne, ses bégonias! Elle conserve les bulbes d'une année l'autre, m'a-t-elle expliqué un jour, et entreprend de les faire germer, comme en serre, bien avant que ne soit propice la saison. Est-ce cet amour presque insensé dont elle est capable pour ses bégonias qui rejaillit sur ceux qui les voient et, dans l'instant, les rend plus radieux? Peut-être...

Bien sûr, quand tous les salamis sont de sortie et qu'on n'a plus assez de gazole dans le réservoir de la Renault pour courir à Nasbinals, on peut à la rigueur imaginer d'autres expédients pour échapper à la mouise et retrouver de justes raisons de vivre; mais je tiens que la plupart du temps c'est alors se lancer dans l'aléatoire. J'ai connu ici même, à Carpentras, un type qui, lorsque tout clochait, s'en allait chasser l'anaconda et parcourait ainsi de long en large l'Amazonie dans l'espoir de capturer la plus grande quantité possible de ces gluantes bestioles. Souvent son truc marchait et, hop!, il retrouvait bon moral; mais il en faut bien peu, disons-le, dans cette imbécile bourgade pour se sentir de suite heureux. De toute façon j'ai toujours jugé son procédé assez répugnant et il ne me serait jamais venu à l'idée de l'exploiter; ma parole!, il faut vraiment être natif de Carpentras pour en arriver là!... D'autres gens, pour affirmer leur foi en l'avenir, se dissipent un temps dans les affaires, l'or et l'argent; ils se mettent de la brillantine dans les cheveux et s'en vont faire les coqs au Palais-Brongniart. Infailliblement cela les conduit au fiasco, bien sûr, parce qu'ils n'ont pas encore saisi que, depuis deux ou trois jours, le règne de la bourgeoisie est fini et que la Bourse est en flammes. En fait, en dehors des bégonias de Nasbinals, il y a peu de choses pour redonner sens à l'existence. C'est ainsi.

Quand même, dans cette volonté bien humaine de chercher prétexte à vivre, il y a deux trucs que je n'ai pas encore dits et qui peuvent rivaliser en efficacité avec les bégonias de Nasbinals: c'est, tôt le matin, lire d'un coup tout Thomas Bernhard, des *Arbres à abattre* au *Naufragé* en passant par *L'Imitateur* et l'ensemble de la symphonie bien sûr. Ou alors, indéfiniment, dans les pins parasols devant la maison, regarder, ébloui, chahuter les écureuils. Alors, là, vraiment, c'est bien de la vie qu'il s'agit, oui.

Histoire de têtes

Ici, nous vivons en permanence parmi les oies, les dindons et les porcs. Bien sûr, il n'y a pas plus qu'ailleurs d'oies, de dindons ou de porcs. Pourtant, si vous arpentez le centre-ville, vous ne croiserez que des oies, des dindons et des porcs. C'est un fait. N'imaginez pas pour autant que seuls les tripiers arborent fièrement sur leurs épaules une énorme tête de porc, tandis que les femmes de notaires (qui pullulent par ici) ou les épouses d'épiciers promèneraient par les rues leur fatuité de grandes oies au cou cerclé de fausses perles. Je connais une dame patronnesse dotée d'une magnifique tête de porc, et une fille de bijoutier pareillement pourvue. N'allez non plus penser qu'il n'y a que Monsieur l'Adjoint à la Culture pour se rengorger de sa granuleuse crête de dindon carnassier ; ce privilège saugrenu est en vérité partagé par bien d'autres ! Car il n'existe pas de catégories clairement définies dans lesquelles ranger oies, dindons et porcs; il s'agit plutôt d'un mélange des plus hétéroclites d'oies, de dindons et de porcs dans lequel n'entrent en ligne de compte ni le rang ni même le sexe; curieux amalgame dû, semble-t-il, au plus débridé des hasards. La seule chose établie étant que nous vivons ici en permanence parmi les oies, les dindons et les porcs.

Dès lors, pouvez-vous envisager une seconde les tracas quasi quotidiens auxquels m'expose cette malheureuse tête de poète, pourtant bien ordinaire, qui est la mienne? (N'est-il point déjà fort épineux de s'affirmer poète au milieu d'une population tout entière affairée au trafic de la truffe, au négoce du navet, et dont la finesse d'esprit pour les choses de l'art se réduit à un épais brouillard?) Sur la place publique, par les ruelles de l'imbécile bourgade ou lorsque me vient le courage d'aller boire un bock au comptoir du bar voisin, oies, dindons et porcs posent alors sur moi leur regard animal, considérant longuement ma tête comme une bizarrerie de la nature. Bien que conscient de représenter pour ces pauvres gens l'étrangeté du jamais vu, j'en conçois parfois quelque inquiétude, évitant soigneusement toute prise de bec avec l'un ou l'autre, sur quelque sujet que ce soit et, décourageant la familiarité, je m'efforce en toutes circonstances de conserver mes distances. Un accident est si vite arrivé! Il n'empêche qu'ayant à peine tourné les talons, ça cacarde, ça glougloute et ça grogne dur dans mon dos; je sens que l'on me montre du doigt et comme il en faudrait peu pour déclencher contre ma tête de poète les bestiales fureurs de l'indigène.

Me tenant le plus possible à l'écart, j'ai jusqu'à présent réussi à poursuivre dans la discrétion mon délicat travail sur le style; ignorant délibérément les clabauderies et m'appliquant à toujours garder tête froide. Aujourd'hui je m'interroge cependant sur l'avantage qu'il y aurait à délaisser cette barbotière pour des cieux moins obscurs. Une dizaine de ces oies, dindons et porcs ne sont-ils pas venus tantôt, comme en délégation de leurs arrière-boutiques putrides, m'avertir qu'oies, dindons et porcs ne toléreraient plus très longtemps dans les parages une brebis galeuse de mon espèce?

Un saint homme

Le curé d'Ars est venu me voir aujourd'hui à vélo. Il m'a apporté deux paquets de «Caporal coupe fine»; ça tombait bien: je n'avais plus un gramme de tabac à rouler. Quand même, ça m'a fait tout drôle de revoir un curé en soutane et portant rabat. Je me demande par quel coup du sort il a deviné que justement je n'avais plus de tabac; il aurait pu tout aussi bien m'amener un poulet de Bresse ou un pot de beaujolais-village; non, lui qui n'est guère fumeur a pensé précisément au tabac! «Tu connais tous mes vices, je lui dis en rigolant, et tu les encourages!» Je m'amuse, comme ça, à le taquiner un peu de temps en temps. Jamais il ne s'en offusque; il lève une main et, les yeux au ciel, semble dire: «Même moi je ne te changerai pas; alors qu'y faire?...» Je tire deux chaises, débouche une bouteille et nous nous racontons les dernières fredaines de nos patelins; c'est chez moi même trou que chez lui : les cancans s'y colportent avec autant d'entrain !

Quand même, nous en venons assez vite à évoquer les mouvements sociaux qui agitent le pays. Sans que cela puisse y paraître, il reste très paysan madré et se tient informé des choses dans leur moindre détail ; Mademoiselle d'Ars, me dit-il, lui a offert récemment un poste de T.S.F. tout neuf. Les culs-terreux du village, certes, ne se sentent point trop concernés et ces troubles ne brouillent guère leurs méchantes habitudes ; « je n'en ai pas un de plus à la messe, pas un de plus à confesse ». Comme je lui parle des cheminots : « Oui, il dit, ils souffrent trop » ; et quand j'insiste sur l'importance de la grande manif prévue vendredi à Lyon, place des Terreaux, alors un instant il fait la moue puis, voyant mon air chagrin, se ravise : « J'en dirai deux mots, si tu y tiens, demain à mon instruction de onze heures. » C'est qu'il s'est toujours senti plutôt du côté des canuts, le bougre, et n'apprécie point trop le bourgeois sauf lorsqu'il s'agit, bien sûr, de lui soutirer quelques sous pour le quotidien de ses pauvres ou payer les colifichets dont il afflige son église ! C'est comme ça.

Je lui raconte comment, l'autre jour, a couru le bruit que le notaire battait sa femme et les ragots qui s'en sont suivis une semaine durant de l'épicerie au café-tabac, jusqu'à ce que la rumeur ne s'éteigne d'elle-même et comment le notaire, aujourd'hui encore, trottine par les ruelles tel un brigand traqué par la maréchaussée. À son tour il me confie qu'il vient d'être victime, ces temps-ci, d'une bien sordide cabale. « Tu connais la fille Chaffangeon ? » (Si je la connais la Catherine !) « Eh bien, déshonorée une seconde fois, treize ans après avoir eu sa petite Claudine, voilà qu'elle est venue faire ses couches chez sa mère qui loge, tu le sais, à côté de ma cure et, en août dernier, j'ai baptisé le gamin bien que bâtard. » J'enrage de honte quand je comprends qu'une poignée de calamiteux sans scrupules a tenté de répandre la calomnie qu'il ne serait, en fait, qu'un hypocrite usé par de secrètes débauches ! « On vient, me dit-il, barbouiller ma porte d'ordures et, la nuit, proférer d'abominables injures sous mes fenêtres. » C'est donc pour ça, Jean-Marie, pour un demi-godet de beaujolais et un mot d'amitié que tu es venu jusqu'ici à vélo ! J'essaie de le réconforter comme je peux, mais il se montre tellement affecté par cette affaire qu'il parle maintenant de quitter Ars !

Pour lui remonter le moral, je lui rappelle la multiplication du blé, l'an dernier, dans le grenier au-dessus de sa chambre et la tête de Jeanne-Marie Chanay devant le miracle! «Te souviens-tu que le meunier avait emmené cent boisseaux pour fabriquer la farine pour tes orphelines de "La Providence" et que les réserves ainsi épuisées se sont trouvées reconstituées dans les jours suivants sans que l'on sache dire comment?» Oui, oui, il se souvient; «Dieu est capable de tout» il dit. «Et même du pire!» je ne puis m'empêcher d'enchaîner! Alors, là, vraiment, il fronce les sourcils, pas content... Je reverse un demi-verre, «Si le bon Dieu n'approuvait pas ta manière de faire, il ne multiplierait pas le blé dans ton grenier!». Il en convient, semble se calmer. Mais c'est aussitôt pour attribuer le prodige à l'intervention de sainte Philomène; il ne veut pas en démordre, cette chimérique sainte maintenant c'est sa lubie!

Je ne peux pas vous dire depuis combien de temps il me tarabuste, à chacune de ses visites, pour que j'accepte d'écrire la biographie de sa sainte fantôme! J'ai beau lui répliquer être trop mécréant moi-même pour venir à bout d'une telle besogne, il s'entête: «Tu gagneras ainsi innocemment ton Ciel» il plaide. Je lui suggère enfin, pour cette sorte d'hagiographie, d'aller plutôt demander plume à Christian Bobin, un spécialiste et très en odeur dans les sacristies qui plus est. Non! non! il me voit mieux moi, «question de style» il dit. Intraitable. Pour l'apaiser un peu, je lui promets d'envisager ce drôle de projet plus sérieusement, «Je vais prendre des notes, on verra bien...». Le voilà en partie rassuré, il me sourit malicieusement, nous levons nos verres et trinquons; il pense ne pas avoir perdu son temps et peut s'en retourner tranquille: en appuyant fort sur les pédales il arrivera à Ars pour vêpres.

Quand il enfourche son vieux vélo, il comprend que j'ai caché dans sa sacoche le dernier album de Christian Binet. Il m'adresse un petit signe de connivence et hop! le voilà parti. Je sais qu'il a un faible pour les bandes dessinées et plus précisément pour les *Bidochons* dont il ne se lasse de suivre les aventures (à l'instar de Robert et Raymonde, n'a-t-il pas appelé son chien Kador!). Comme il s'éloigne déjà: «Change de vitesse!» je crie bien fort. Il s'escrime à rester sur le grand braquet pour grimper les plus traîtres raidillons par esprit de mortification! C'est vraiment un saint homme.

Toute une vie bien ratée

Ce matin j'entrouvre la porte et je vois qu'il en tombe comme qui la jette. Déjà que dans l'ultime rêve d'avant le réveil j'avais eu des visions d'épouvante, alors là je me dis mon petit c'est foutu pour la journée, tout est ruiné d'avance. (Notez que, parfois, ce genre de temps à crapauds, plus il est noir plus il me donne le muscle frappeur et l'humeur combative; mais ce matin j'ai compris illico que: non.) Alors j'ai décidé de me laisser flotter, comme ça, jusqu'au soir, pour voir.

Pour commencer, bien carré dans mon fauteuil à capitons, les yeux mi-clos, je me suis raconté toute une histoire: c'était Bach et son violon qui arrivaient à la maison; Bach sortait de son étui à violon son violon et il m'envoyait du violon plein les oreilles. Il était campé au beau milieu du salon dans un petit justaucorps avec chemise et jabot de dentelle et portait perruque poudrée. J'imaginais la tête des copains partis sous la pluie au turbin, quand je leur raconterais Bach jouant rien que pour moi son concerto pour violon en *la* mineur (BWV 1041) et je me demandais aussi par où avait bien pu débarquer le Prague Symphony Orchestra qui l'accompagnait ; par la chatière peut-être ?...

C'était tellement divin tous ces allégros et andante que ça m'a porté alentour de midi sans peine et titillé aussi un peu l'estomac. Les copains devaient clopiner jusqu'à la cantine quand mes musiciens s'en sont allés, évaporés lorsque j'ai rouvert tout grands les yeux. Dehors c'était toujours une vraie soupe de vermicelle qui sans cesse dégoulinait du ciel. Parce que Bach passe encore, mais je n'allais pas ravitailler le Prague Symphony Orchestra au complet et Václav Smetáček à sa tête avec une andouillette !

Je me suis laissé flotter jusqu'à la cuisine sans même faire l'effort de pagayer et là, vite fait sur le gaz, mon andouillette s'est sagement mise à grésiller toute seule dans son poêlon tandis que la T.S.F. déversait son bulletin d'informations au-dessus du beurre brûlant. Ici ça s'étripait au coupe-coupe, là ça s'éventrait à l'artillerie lourde, partout ça canonnait et pilonnait et moi je touillais ma sauce moutarde avec un filet de pouilly-fuissé, inquiet soudain de voir l'univers se désintégrer en mille morceaux me laissant seul avec cette unique rescapée d'andouillette déjà à moitié cuite pour recommencer du début toute l'histoire de l'humanité et, à partir de quasiment zéro, à nous deux repeupler la planète. Vraiment ce n'était pas un jour où je me sentais en veine d'accomplir une telle prouesse ; j'ai tourné le bouton du poste, instaurant ainsi la paix mondiale dans ma cuisine, et je me suis tranquillement régalé.

C'est bien parce que j'avais encore tout l'après-midi devant moi pour ne rien faire que je me suis laissé doucement glisser dehors tel un oursin se détachant de son rocher pour s'en aller vagabonder au gré des flots. Toujours il pleuvait à verse. Mais je préférais me faire saucer jusqu'à la moelle plutôt que m'esquinter l'âme à trimballer un parapluie ; n'ayant nulle part où aller, peu m'importait d'y arriver mouillé et je gardais ainsi entière ma liberté. Des idées un tantinet loufoques, inscrites à la craie dans ma folle cervelle, commençaient à se diluer sous cette bouillabaisse tombée des nues et me ruisselaient maintenant le long du cou jusqu'à me faire frissonner l'échine d'insouciance et de volupté. La pluie faisait flic flac au-dedans de mes souliers et ce curieux clapotis, aussi bizarre que cela puisse paraître, s'accordait bien aux petits morceaux de Bach qui parfois revenaient violoner dans ma tête. D'un trottoir l'autre, plus j'avançais dans la journée, plus je trouvais que mon système de me laisser flotter était parfaitement au point et l'ivresse du vide qui s'ensuivait vraiment me comblait au-delà de toute espérance.

Quand j'ai regagné mes pénates et que j'étais à tordre pire qu'une serpillière, je me suis un bon moment senti un peu poète et cette étrange impression m'a rendu le cœur léger au point qu'il ne m'a pas paru utile d'user mes forces et mon temps à me sécher. J'ai simplement ouvert large la fenêtre pour laisser pénétrer les senteurs du soir, si particulières quand la terre est trempée, et ça faisait comme un parfum de pétunias relevé d'une pointe de pivoines ; ce mélange m'a semblé tout à fait propice à encore naviguer à la godille et rêvasser en diable jusqu'à nuit tombée. Ce que j'ai fait, mon Dieu, sans trop de difficulté.

C'est quand le sloughi de la voisine s'est mis à hurler à la lune que la pluie soudain a cessé. Je me suis posé sur l'appui de la fenêtre, les guibolles ballant dans le vide, et dans le ciel des étoiles à tire-larigot me faisaient des clins d'œil complices et les constellations, la Grande Ourse et le Dragon notamment, des petits signes amicaux. J'ai trouvé ça plutôt encourageant. Je venais d'échapper toute une journée à l'industrie, je m'étais soustrait des secondes, des siècles, aux soubresauts haineux du monde ; au mitan de ma vie j'avais en somme apprivoisé pour moi l'idée simple qu'il n'est pas plus mal d'avoir tout raté. Ce n'était pas rien ! Je suis allé me coucher, flottant toujours et bien fatigué. Comme tout le monde.

Tant de choses nous échappent!

Il paraît qu'on a trouvé des pingouins dans l'art paléolithique! Planqués sous la falaise du cap Morgiou, près de Cassis. Ils étaient là, peinards, depuis trente mille ans a dit un spécialiste, avant qu'Henri Cosquer n'aille les dénicher, mine de rien, en faisant de la plongée sous-marine. Et moi qui depuis ce matin ne suis pas fichu de mettre la main sur mes lunettes sans doute quelque part égarées dans le désordre de mon gourbi! «Les plus vieux pingouins du monde» titre fièrement *Télérama* sous une photographie des fameux palmipèdes que je ne trouve vraiment pas très nette quand même l'absence cruelle de mes lunettes. Des bisons, des cerfs, des bouquetins, des chevaux et même, à la rigueur, de mystérieuses mains rouges comme peintes au pochoir, fragiles et belles tels des dessins d'enfants, je veux bien; nous restons dans le préhistorique le plus classique en somme; mais des pingouins dans une grotte provençale!... là je demande à vite retrouver mes lunettes pour aller voir ça d'un peu plus près!

On n'est jamais sûr de rien, remarquez bien. Dans ce cafouillis d'informations toutes plus sensationnelles les unes que les autres, d'événements prodigieux à en rester pantois de stupéfaction, le mieux ne serait-il pas de faire de la méfiance et du doute notre respiration première? Ces incroyables pingouins m'intriguent drôlement quand même, tout comme pas plus tard qu'avant-hier un ami m'avertit de l'arrivée imminente dans mon jardin d'un vol de criquets pèlerins en provenance de contrées incertaines et qui, à l'en croire, auraient déjà fait disparaître toute trace de végétation dans son proche voisinage. À l'heure qu'il est, je n'ai toujours pas aperçu le moindre criquet à l'horizon et j'en suis à me demander si ce grand con ne se serait pas plutôt payé ma tête! Ainsi l'amitié elle aussi reste sujette à caution telle une bien distraite sauterelle: celui-ci vous jure fidélité à vie qui dès le lendemain, sous le motif d'un ciel changeant, vous interdit de même lui adresser la parole; celui-là s'ouvrirait les veines pour vous quand vous comprenez vite que ce ne sont là que balivernes et fariboles. Criquets ravageurs, distraites sauterelles, pingouins fantasques : en fait, rien ne vaudrait que je retrouvasse presto mes lunettes ; ne serait-ce que pour y voir un peu plus clair dans l'imbroglio du paléolithique quotidien.

L'homme de Cro-Magnon, avant la fonte des glaces et la montée des eaux, lorsqu'il gribouillait sur les murs de sa grotte les chamois et les chevreuils qu'il rencontrait alors en basse Provence, les ours aussi parfois et féroces !, peut-être avec quelques milliers d'années d'avance voulait-il seulement nous dire : je vous fais don de mes déceptions et de mes doutes, pour les partager. Qui sait ?... Tant de questions subtiles et cependant simples dont, depuis des millénaires, les réponses sans doute évidentes pourtant nous échappent ! Qui a cassé le vase de Soissons ? Pourquoi ma femme a-t-elle préféré s'enfuir sous le soleil avec ce grand frisé plutôt que rester enfermée avec moi à me regarder écrire ? Que sont mes amis devenus ?... Et surtout : où diable sont passées mes lunettes depuis ce matin ? Parce que je reste persuadé que tout serait plus net si je parvenais à récupérer ces miraculeuses bésicles : sans doute retrouverais-je alors au détour d'une rue les amitiés disparues, je pourrais dégoter dans le dictionnaire des mots extraordinaires qui feraient ce texte encore plus beau et, pourquoi pas?, peut-être même percerais-je à moi tout seul le mystère de ces pingouins perdus au bout d'un tunnel immergé de 150 mètres sous la falaise du cap Morgiou, près de Cassis?...

Vous comprenez, je me dis comme ça, tout au long de la journée: handicapé par la perte de ces lunettes, voilà pourquoi je n'ai pas lu l'œuvre complète de Mikhaïl Aleksandrovitch Bakounine, ce qui maintenant m'éclairerait certainement le cœur que j'ai toujours eu emmitouflé de noir. Faute d'avoir pu déchiffrer en gros caractères les lettres de Gérard, je lui ai répondu tout de travers et depuis, entre nous, c'est vogue la galère! Avec mes lunettes, sans doute aurais-je bien vite percé à jour les jeux de prince de ce jeune frisé avec qui ma femme est partie pour Dieu sait où et sans justes raisons. Il aurait suffi de peu de chose, en somme, pour faire aujourd'hui de moi un être différent et drôlement plus fréquentable que je ne le suis à présent.

Et puis tombe le soir et, ne le croyez pas si vous voulez: je m'aperçois que depuis l'aube je trimballe ces lunettes soi-disant perdues sur le bout de mon nez! En fait, c'est faire changer les verres pour des plus appropriés à ma mauvaise vue qu'il aurait fallu. Mais c'est trop tard maintenant et terriblement; j'aurais dû m'y prendre il y a trente mille ans, du temps où je gravais des pingouins dans des grottes du côté de Cassis et de mystérieuses mains rouges aussi, naïves tels des dessins d'enfant. Finalement, tant de choses essentielles pour notre propre vie si longtemps nous échappent que c'en est, après tout, et sans pour autant désespérer, tant pis.

Les années Arlette

Je rêve que je reste au lit toute la journée et que j'abandonne à la Confédération nationale du Patronat français le soin de faire tourner les affaires pour son plaisir personnel et moi, la couette tirée jusqu'aux oreilles, je mijote bien au chaud dans cette atmosphère à la Marcel Proust comme un petit lapin aux framboises se bonifiant à feu doux au creux d'un vieux faitout de cuivre. Parfois je me tourne d'un côté, ou bien je me retourne de l'autre côté, et d'un côté il y a une brune pulpeuse et de l'autre côté une blonde qui vous arracherait des hourras de cosaque rien qu'à l'idée de la sentir doucement s'éveiller, exactement comme quand Arlette grimpe à la tribune et que tout le monde se met à hurler dans un Palais des Sports surchauffé. Vraiment, c'est un beau rêve.

Et puis voilà qu'un petit besoin inattendu soudain vient me tourmenter l'entrejambe, irrésistiblement m'extirpe du dodo et m'entraîne clopin-clopant jusqu'aux toilettes et alors adieu rêve merveilleux, c'est l'inévitable réalité quotidienne qui reprend le dessus avec ce flic flac dans la cuvette ! Mais alors là, je me mets à bâiller tout bleu : sur la radio restée branchée de la veille, la voix d'Arlette appelle à la grève générale et à la Révolution prolétarienne ! Les piles du poste certes sont un peu fatiguées et déçues aussi d'avoir fonctionné toute la nuit pour distraire seulement la pomme de douche et une ou deux savonnettes au romarin, mais Arlette pousse fort sa chansonnette, secoue de leur sommeil travailleuses et travailleurs et tout d'un coup j'ai vingt ans de moins ; à poil entre bidet et lavabo, sous mon bide pas très trotskiste, je crois bien que me voilà un début d'érection ! Arlette, imperturbable, dit qu'il faut continuer le combat.

J'ai juste le temps d'enfiler un froc et de godiller jusqu'à la cuisine pour me faire frire deux œufs et réchauffer un quart de café que déjà sur les ondes Arlette s'est volatilisée et maintenant c'est un type (j'imagine un zèbre en cravate à rayures et costume trois-pièces) qui, comme avec des piles toutes neuves dans la voix, me communique le dernier bulletin de santé du CAC 40, du Dow Jones et aussi celui de l'indice Nikkei! Vrai, mon début d'érection a fait long feu et soudain je les revois, ces trois-là, casques à visières plexiglas, matraque en main et brodequins militaires, monter à l'assaut de nos barricades cependant qu'on braille l'*Internationale* et qu'on n'a peur de rien parce qu'on est Rimbaud et Verlaine et que la vie est à nous bien sûr! Merde, je me dis, Wall Street & Co n'ont pas pris une ride, mes œufs attachent au fond du poêlon, café bouillu café foutu et tout est à recommencer. Alors j'ouvre en grand la fenêtre et je gueule, comme ça, dans la rue: «Au secours! Arlette, reviens!» Les voisins en restent tout étourdis.

C'est quand j'ai refermé la fenêtre sur les protestations patriotiques de la concierge et aussi les cris de locataires très excités qui réclamaient qu'on lynche le gars du troisième — et c'était moi! — que je me suis senti soudain bien seul, comme un petit lapin égaré dans les garrigues pour tout dire, et à portée de fusil des chasseurs de têtes du patronat français. Le lit chiffonné était impraticable maintenant, mon café avait foutu le camp, ciao brunes et blondes! et mon sexe en berne disait assez qu'on était loin du Viêt-nam, de la rue Gay-Lussac, de la Butte Rouge et même de la prise de la Bastille par un beau soir de mai. C'était râpé pour espérer flemmarder sous le baldaquin jusqu'à midi sonné, aucune cocotte à cette heure-ci ne viendrait plus encourager ma libido, quant à la radio je lui avais cloué le bec et, croyez-moi, pour rien au monde je ne voulais en entendre parler; ne me restait plus dès lors qu'à passer un chandail, chausser à la va-vite une paire de baskets et dégringoler dans la rue voir de quelle couleur dehors s'annonçait cette drôle de journée.

Sur le trottoir, ébloui par le plein soleil, je me frottai les yeux pour y croire parce que, comment dire?, c'était presque pas sérieux: tout le boulevard était submergé par une fantastique farandole avec, en tête et bras dessus, bras dessous, Guevara, Arlette et Lucky Luke qui dansaient *La Carmagnole* et me faisaient des grands signes pour que j'aille les rejoindre! Ni une ni deux, de tous côtés sur le pavé éclatait l'apothéose du printemps et de nouveau c'était vraiment partout youpi la vie! Youpi!

*Les anges souvent sont
assez indulgents*

Hier j'ai failli craquer. J'avais mal et il pleuvait. J'étais comme un escargot livide peinant sur son vélo dans la grimpée du Ventoux. J'avais beau penser à une assiettée de tripes avec, autour, des petites patates toutes simples mouchetées de persil, rien n'y faisait. Ainsi l'existence, la plupart du temps, c'est un chapelet de balivernes aux doigts des innocents. Mais pendant la nuit j'ai entendu une petite voix qui me suppliait d'aller jusqu'au bout. Oui. Alors, au matin, j'ai appuyé très fort sur les pédales et la vie, clac! d'un coup s'est remise sur le grand braquet. C'était miracle et c'était tant mieux!

C'est un ange, que je ne connais pas vraiment, mais qui vient, comme ça, quand c'est trop escarpé (ou que je réclame pour mon âme sensible une crème adoucissante qui calme les démangeaisons), pousser la bicyclette par la selle et alors, malgré les pluies froides d'automne, le vent qui s'obstine, les douleurs et les blessures, machinalement ça avance à nouveau, à cinq à l'heure, pas plus, vers cet horizon indécis, là-bas derrière des rideaux de verdure où tout s'évanouit et tout recommence aussi; enfin, c'est ce qu'on dit. Je n'y suis jamais allé.

Ainsi un jour tout neuf commençait dans la fraîcheur renouvelée des sentiments et sous un ciel italien. Ciao! humeur chagrine et crachin de la veille; il s'agissait maintenant d'éclaircir ce à quoi j'allais employer les heures heureuses qui s'annonçaient et ensuite en danseuse pédaler vers le bonheur! Peut-être, je me dis, composer d'abord quelques pages d'une beauté définitive, aussi légères que sonate pour piano et violon, et propres à faire chavirer d'allégresse quelques-uns de mes six cent trente-neuf lecteurs? Mais débobiner de la sorte hémistiches et acrostiches risquait de me tenir cloué à ma table de travail jusqu'à nuit close et tout cela, je le savais bien, pour des clopinettes! Non, c'est par le bout d'une autre lorgnette qu'il me fallait envisager ce jour nouveau.

Pouvait-on, dans la perspective d'une journée de printemps se pointant en plein automne, imaginer se retrancher de la planète pour malaxer des mots? Est-ce qu'il ne serait pas plus humain de courir aux comptoirs des cafés frayer avec le monde matinal des travailleurs et tendre son verre à la rencontre de celui d'un quidam qui, pour un instant, pourrait ainsi devenir un ami? En ces lieux palpitants, à l'heure où l'on vide à même le marbre des tables le ventre des musettes, dans la fraternité des balayeurs et l'odeur encourageante du saucisson, il doit bien y avoir place pour vivre, je suppose. Au zinc un nègre à l'œil torve et à la langue bien pendue ferait de sa fureur comique rigoler les foules. Sans doute flotterait-il dans l'air de quoi échafauder, d'un calva l'autre, des théories tout à fait nouvelles sur l'avenir du socialisme dans la patrie de Jaurès! Cependant, venue de l'invisible, une petite voix fluette me soufflait que filer dès potron-minet dans les cafés serait folie.

Ou alors, ayant déjà passé la matinée en valse-hésitation et complète perplexité, ne devrais-je pas plutôt enfiler ma veste de lumière (si serrée qu'est nécessaire l'aide d'un valet d'épée) et me précipiter aux arènes de Pozoblanco travailler le taureau le restant de l'après-midi? Banderilleros! Picadors! C'est dans ces mêmes arènes qu'est mort un 26 septembre le grand Paquirri et ma femme toujours grince des dents quand me prend l'envie d'aller toréer là-bas, que je menace de l'abandonner à ses images pieuses et à son tourment, sans souci de savoir si je ne reviendrai pas la mâchoire défoncée par une méchante bête d'une demi-tonne. Mais je ne puis non plus rester comme un bateau prisonnier dans sa bouteille, je lui dis; il me faudra bien un jour briser l'habitude et prendre le large! Mourir dans les arènes lors d'une feria, c'est comme un rêve d'enfance, j'y pense de plus en plus. Mais parce qu'elle tord vraiment la bouche, une fois encore je cède: va! laissons tomber pour aujourd'hui toute idée de corrida, je dis; et l'ange sans doute me donne quitus pour cette sage décision qui, l'œil dans les étoiles, semble sourire avec un rien d'ironie.

À tant lambiner de la sorte et tergiverser jusqu'à plus soif c'est le soir, voilà, qui maintenant voudrait nous faire sombrer dans sa mélancolie et nous menace de la nuit. Reste-t-il seulement une miette d'instant pour enfourcher la bicyclette; tenter de faire le tour du pâté de maisons à l'heure où les ménagères, tandis que dans les étages mijote le bœuf miroton, prennent possession de la chaussée pour faire pisser les chiens? Le patron du bar-tabac a déjà mis ses chaises sur les tables et pousse vers la sortie deux Sarrasins enturbannés qui discutent corrida. Je vois les boutiques au rideau de fer tiré, l'asphalte luisant où nulle voiture ne passe plus; je vois soudain toute cette portion de rue comme rue d'une ville étrangère où je serais moi-même étranger, mendiant désorienté condamné à un perpétuel exil. Assis seul sur un rebord de trottoir, les deux pieds dans le caniveau, un ange un peu triste à la tignasse ébouriffée joue sans conviction avec des boîtes d'allumettes vides. Jusqu'à ce soir, je dois le dire, je n'avais jamais voulu croire que la vie puisse passer aussi vite.

L'écrivain

Voleur de chevaux ou éleveur de chiens, voilà des gagne-pain qui peuvent vous mener loin dans la vie, je sais. Vendre au coin des rues du sang à la sauvette, dans certaines sous-préfectures de province, aussi peut vous procurer de quoi vivre honorablement; tout comme épépineuse de groseilles à Bar-le-Duc ou embaumeur d'ailleurs resteront toujours des métiers éminemment lucratifs et qui, de surcroît, vous autorisent à marcher en tous lieux tête haute. Jeune homme j'ai entendu cette chanson cent mille fois et davantage dans la bouche de géniteurs fiévreux dont l'impatience à me voir finir de la sorte, employé de banque ou thuriféraire à la cathédrale, n'avait d'égale que leur enthousiasme à se débarrasser de moi, comme on se défait d'un personnage douteux ou d'un objet simplement devenu inutile et encombrant. Tôt j'ai donc fait mon baluchon sans suivre ces précieux conseils et, pareil un évadé, m'en suis allé nulle part emplir ma besace de rêves; resquiller quelques levers de soleil sur l'océan, l'hiver, ou bien chaparder un peu de fraîcheur au ventre accueillant des tavernes, l'été. Et tout cela pour des clous, bien entendu!

Aujourd'hui me voici à l'âge des bilans; je m'interroge, la nuit, pour savoir ce qui a bien pu m'entraîner dans cette activité de perdant: aligner des mots à la queue leu leu sur une page blanche dans l'espoir insensé d'en faire des phrases! Oisif déterminé et paresseux par choix, sans doute n'avais-je d'autre solution pour échapper à la monotonie du commerce et de l'industrie. Vous êtes à la tête d'une quincaillerie renommée dans un quartier chic; architecte émérite, vous commandez un régiment de terrassiers en vue de l'édification d'une moderne pyramide : ça roule! Moi, il m'a fallu d'abord duper plusieurs éditeurs avant de voir mes premiers chefs-d'œuvre imprimés et d'être ensuite par eux grugé; sans avouer que les nombreux lecteurs escomptés, gens tout de finesse et sensés, n'ont guère suivi le mouvement; d'où, parfois, un parfait moral pour grimper à l'échafaud! Suis-je vraiment écrivain? je me dis; n'aurait-il pas été plus sage d'embrasser de suite une carrière de voleur de chevaux? La réconfortante réponse m'est venue ce matin.

La rédactrice en chef d'une revue littéraire influente et bien informée m'a téléphoné. Elle n'y est pas allée par quatre chemins: c'était pour demander une interview. En somme, ouf! j'étais bien écrivain! Jusqu'à ce jour en effet personne ne m'avait jamais rien demandé. Ou alors seulement mon âge, qu'on avait jugé trop avancé; le coin où je vivais, trop reculé. Une fois, à l'occasion de la parution d'une plaquette de poésie, j'avais eu ma photo dans *L'Écho du Comtat,* mais elle était floue et même mon frère ne m'avait pas reconnu. Bref, nul ne s'était jamais inquiété de savoir si ma préférence allait plutôt à la viande rouge qu'au poisson frit, si j'en pinçais davantage pour les brunes que pour les blondes et quelles étaient mes vues sur la situation actuelle en Mongolie-Intérieure. Pour exister et persévérer, je n'avais jamais eu d'autres soutiens que la foi du charbonnier et quelques bonbonnes de pouilly-fuissé. Mais aujourd'hui je pressentais bien que tout cela pouvait changer.

«Et pourquoi pas le poisson rouge dans son bocal aussi!» j'ai dit, furibard, quand la rédactrice en chef m'a sèchement expliqué que ce n'était pas moi qu'elle souhaitait interviewer mais ma femme et si je voulais bien avoir l'obligeance de la lui passer au plus vite. Standardiste mortifié, j'étais à deux doigts de raccrocher; la revue préparait un numéro «Spécial femmes d'écrivains», c'était mieux que rien; forte diffusion, papier glacé... Tantôt j'ai vu atterrir dans mon potager un demi-charter de cérébraux venus piétiner mes plates-bandes et picorer mon pain; caméra au côté, stylo en main. Ma compagne s'était faite coquette et ne paraissait pas autrement troublée; plutôt à son avantage dans son nouveau rôle et drôlement babillarde déjà cependant que je m'affairais au service des apéritifs. Quand tout ce petit monde fut bien installé, j'ai suggéré de m'en aller au *Bar des Glaces* boire des bocks pour ne pas déranger. Je fis d'emblée l'unanimité.

Accoudé au zinc devant mon blanc j'épongeai en quelques heures cent ans de solitude et de multiples tourments. Ma dulcinée n'allait-elle point, par quelque zèle intempestif, me faire passer pour plus excentrique que je ne le suis ou, pire, détourner à tout jamais de ma prose l'un ou l'autre de mes six cent trente-neuf lecteurs! Chaviraient, comme ça, dans ma tête plein de petites angoisses qui s'amplifiaient de tous les verres que je vidais. Quand, n'y tenant plus, je suis rentré, heureusement tout s'était parfaitement passé. Ma femme s'était octroyé mon fauteuil pour répondre aux questions de l'équipe qui justement finissait une séance de photos. J'aurais bien aimé, moi aussi, qu'on me photographie; et même à côté d'elle. Mais, ma foi, tant pis, je me dis. Comme c'était terminé, tout le monde s'en est allé; on m'a dit un peu au revoir et distraitement remercié aussi pour l'hospitalité. À part moi je pensai: écrivain, c'est vraiment rien.

Une andouillette abandonnée par ses parents

Alors tout d'un coup je me suis senti comme une andouillette abandonnée par ses parents. Et même par l'humanité tout entière. Seul dans un poêlon oublié sur le gaz au creux duquel le beurre commencerait à brûler. Je réclamai une lichette de vin blanc pour adoucir cette douleur d'être né, aussi ce grésillement nauséabond de la vie autour de moi. Ma femme étonnée disait comment fais-tu pour être soudain si triste? Je disais je crois que j'attache au fond. Les serveurs alentour, veste blanche et cravate noire, s'affairaient comme si de rien n'était. Ils apportaient à des clients rieurs et gourmands des andouillettes en pleine forme qui faisaient courir à même les nappes damassées et entre les couverts d'argent un réel frisson de bonheur. Ce bonheur au goût agréablement épicé de girofle et muscade que je n'avais jamais trouvé dans mon assiette d'où, sans doute, cette soudaine tristesse.

Pour parer au plus pressé et tenter de faire barrage à ce spleen envahissant qui menaçait de transformer ce festin en tête à tête en croisière nuptiale à bord du *Titanic,* je suppliai le sommelier de m'apporter un bâtard-montrachet 85. J'envisageais me blottir un instant au ventre de cette bouteille, y puiser le cœur nécessaire à assumer pleinement ma condition d'andouillette pupille de la Nation et retrouver ainsi, d'une gorgée l'autre, le goût des choses. Qu'importe, je me dis, si par la suite l'addition se révèle à la hauteur de mon désespoir ; c'est être heureux maintenant qu'il faut et la fin justifiera bien les moyens. C'était compter sans les effets secondaires du pur nectar qui me firent bientôt regarder le serveur, occupé, sous l'œil scrutateur du maître d'hôtel, à faire rôtir une brochette d'ortolans à notre table, comme sombre assassin et personnage parmi les plus odieux rencontrés jadis dans les contes fantastiques de mon enfance. À mon masque de martyr ma compagne comprit qu'en silence j'invoquais Dieu pour que ces deux-là soient rapidement emportés par un cancer des couilles.

Un après-midi d'automne où j'étais moi-même aux fourneaux à concocter un bœuf bourguignon pour des copains de passage, je me souviens, semblable sentiment d'abandon s'était déjà emparé de moi sans que je puisse rien y faire. Je tournais et retournais mes morceaux de gîte à la noix et de paleron dans ma sauteuse et je me mis à penser soudain à mon père et plus je triturais ma viande dans mon beurre roux plus je pensais que mon père me manquait et qu'il était mort peut-être bien maintenant. L'idée toute bête qu'il ait pu un jour m'abandonner comme une vulgaire andouillette au bord du chemin m'avait précipité dans un chaos émotionnel tel que mon admirable bœuf bourguignon s'était dans l'instant transmuté tambouille. Au moment d'incorporer mon bouquet garni et recouvrir le tout de gigondas, j'étais dans le trente-sixième dessous et même une poignée d'ail n'aurait pu me relever ni rendre un peu de piquant à mon existence. Le soir, quand j'avais dit à la tablée nous ne sommes que de la viande avec très peu de cervelle au milieu pour réfléchir, alors la belle fête avait été définitivement fichue.

Mais là, avec ma femme, et simplement en songeant à la douloureuse qui nous attendait à la sortie, non, je ne tenais pas vraiment à ce que nous nous acheminions petit à petit vers un Tchernobyl gastronomique. Je faisais des efforts considérables pour me raccrocher à la réalité du moment et trouver merveilleux tous les mets qui se succédaient dans mon assiette ; j'aurais voulu être un chic type et plein d'entrain, rien que pour la rassurer un peu sur mon état mental et lui laisser quelque illusion pour l'avenir. Quand même, les convives aux tables d'à côté m'accablaient qui laissaient éclater sans retenue aucune leur écœurant bonheur de vivre, festoyaient et s'esclaffaient à s'en lézarder les artères, et cette impudeur contribuait fortement à m'enfoncer un peu plus dans mon malaise. J'avais envie de me lever et d'aller leur parler de guerres fratricides aux frontières, leur demander s'ils avaient lu Louis Calaferte et, pourquoi pas ?, leur couper l'appétit une bonne fois pour toutes en leur récitant un poème de ma composition. Bref, je n'y tenais plus et nous voici partis avant l'arrivée du chariot à desserts.

Sur le trottoir, devant le restaurant, je me suis senti à nouveau seul et abandonné et j'avais déjà mal au ventre. Comme nous hélions un taxi pour regagner plus vite nos pénates, me vint quand même à l'idée de demander à ma femme si elle voulait toujours que je lui fasse un enfant, ou bien non finalement ?

Monologue avec un ami absent

«Les croquettes sont dans le placard», je trouvais écrit sur un petit carton quadrillé dans ma boîte aux lettres le matin et dessus, aussi, le numéro de téléphone de la polyclinique où tu t'étais enfui deux ou trois jours pour faire une chimiothérapie. Alors l'après-midi je montais à vélo à «La Mayolle» pour la pitance de Blanche, ta chatte angora noire bien sûr. En ce temps-là il m'en fallait peu pour être content de me trouver utile enfin à quelque chose. Quand j'arrivais, toujours Blanche était démontée telle une diablesse et réclamait ses croquettes en poussant des miaous de prima donna. Un instant je m'asseyais sur le petit banc de pierre contre la façade chaude du soleil de juillet, au pied du cyprès, j'allumais une «Boyard maïs» et contemplais, rêveur, cet immense pin parasol contre lequel était accoudée ma bécane et dont tu as fait, par la suite, plusieurs tableaux; un très grand (peut-être un «100 figure»; je crois qu'on dit comme ça) et un autre tellement minuscule mais sur lequel, malgré tout, le pin parasol paraît encore plus gigantesque et plus vivant qu'il ne l'est en réalité. C'est étonnant, vraiment.

D'autres fois, surtout quand tu étais comme désœuvré et très tourmenté, tout à trac je lâchais, mi-sérieux mi-rigolard : «Veux-tu que je vienne faire la fleur fanée?...» Le lendemain, dès l'aube, nous nous retrouvions dans le petit atelier au milieu de ton bric-à-brac de brocanteur; avec un bout de craie tu faisais des marques par terre où je devais mettre les pieds et surtout n'en plus bouger d'un pouce et, c'est vrai, je n'en menais pas large alors. C'est fou ce que cela pouvait durer : des jours et des jours, des semaines parfois. Tu plantais là le chevalet et la grande toile qui paraissaient couper la pièce en deux et creuser entre peintre et modèle l'insondable abîme qui peut séparer deux continents; ainsi, d'un instant l'autre, plus rien n'existait entre nous, seulement cette chose mystérieuse que ni toi ni moi jamais n'avons su nommer d'ailleurs. Comment aurais-je pu imaginer, dans ma franche naïveté d'alors, que peindre représentait un tel exploit! À cent mètres de la toile, l'œil mi-clos presque en aveugle, balançant à travers l'atelier des coups d'épée terribles, ou bien soudain plus calme, ta main se faisant tête d'oiseau avec le pinceau tenu tout en bout de bec, inlassablement tu débarbouillais l'univers entier de tous ses vertiges. Moi je faisais bien attention de ne pas mordre sur les marques blanches, tracées à la craie par terre.

Le grand portrait avec la chemise usée à carreaux rouges et jaunes sur le mur à la maison, je dis que ça fait dix ans qu'il a été peint depuis si longtemps que maintenant, en réalité, ça doit faire plus près de vingt. (Si je me mets à compter un peu sérieusement sur mes doigts, je m'aperçois que ça fait vingt-trois!) On peut dire que la peinture est tout à fait sèche et même, il y a quelques mois, je l'ai fait revenir, c'était devenu nécessaire. Pourtant, pour moi, j'ai l'impression que bien peu de choses ont changé; les gens trouvent toujours que je ne suis pas à mon avantage sur ce tableau, «Tu as plutôt l'air d'un fou ou d'un ivrogne» certains disent non sans raison, et d'autres, devant cette nature morte de fruits dans une coupelle accrochée à côté de ma drôle de binette, s'interrogent encore: pourquoi tout cela est-il si triste et si noir?, alors que le jaune de ces deux citrons dans cette coupelle translucide est d'une solitude tellement lumineuse! Donc, tu vois, rien de bien nouveau sous le soleil et c'est comme si, après le travail au sortir de l'atelier, nous nous retrouvions tous dans l'étroite cuisine où, les mains entièrement maculées de peinture, tu pétris des boulettes avec des restes de chiche-kebab cependant que je fais sauter des bouchons de gigondas, et les femmes s'affairent à dresser la table dehors, à l'ombre de l'érable. On rit, tout le monde est content, sur un air d'opéra Blanche réclame des lichettes de pain trempées dans un peu de sauce.

«Les croquettes sont dans le placard»... il m'arrivait aussi de téléphoner à la polyclinique: «Ça va? — Ça va!», «Je vais aller te voir demain». Tôt le lendemain, j'arrivais à Aix, vidais d'abord quelques verres de blanc à la terrasse des *Deux Garçons*, sur le cours Mirabeau, et m'embarquais ensuite sur ce grand bateau malade à bord duquel le docteur Poirier s'efforçait de sauver du naufrage une escouade de cancéreux. Par l'ascenseur nous gagnions bien vite le hall d'entrée, avec tout ton matériel de chimio que tu trimballais à bout de bras. Là nous refaisions un petit moment le monde, l'Histoire de l'art en plus vrai et décidions, une bonne fois pour toutes, que l'avenir était enfin arrivé. Je tirais très fort sur mes cigarettes au grand dam de quelques visiteurs épouvantés auxquels nous criions ensemble: «Nous avons un cancer des bronches!» Encore on riait. Quand tu revenais à «La Mayolle», un peu essoufflé, la vie aussitôt repartait pour un tour: le grand pin parasol, Blanche et son bel canto, souvent les marques à la craie par terre dans l'atelier, aussi les dîners improvisés sous l'érable et, parfois, des vadrouilles en 2 CV pour aller visiter une exposition au musée de Bagnols-sur-Cèze, ou ailleurs. Tu sais que tu me flanques une trouille verte quand tu es au volant à parler sans cesse avec les mains sans regarder du tout la route.

En somme rien n'a vraiment changé, tu vois, tout continue comme avant: toi tu es mort de ce foutu cancer maintenant et moi pas encore; mais notre amitié reste tout à fait tel ce portrait posé sur le chevalet, dans l'atelier, et dont la peinture ne serait toujours pas vraiment sèche. Si on mettait le doigt dessus, ça pourrait faire une marque, je crois.

On ne sait pas vraiment où l'on va

Au zinc de certains cafés commence à se murmurer assez sérieusement que la Terre ne serait pas ronde, pas du tout. Je reçois aujourd'hui la lettre d'un ami m'assurant que mon adresse est fausse et qu'en fait je n'habite nullement où je l'imagine. Autour du Soleil la Terre tourne cependant, et cette lettre fameuse m'est pourtant bien parvenue. Il semble donc qu'il y ait belle lurette que les boussoles n'indiquent plus vraiment le nord, mais divers endroits assez désemparés où chacun tente, dans les limites étroites de ses moyens, d'un peu s'ancrer pour échapper au tournis général et retrouver d'illusoires certitudes en vue de rafistoler l'idée précaire qu'il peut se faire de l'avenir. J'en viens parfois à me demander moi-même si je dispose toujours de mon entier bon sens et si c'est bien mon voisin qui a la berlue. D'un brouillard l'autre, un certain scepticisme finit ainsi par embrumer tous les esprits.

Pas plus tard qu'hier, je descends dans la rue avec mon costume vert, tête nue, l'œil vif, je m'en vais visiter quelques recoins inexplorés du quartier en quête d'inattendu et de possibles découvertes. Il est midi au soleil, le bleu du ciel fait briller les vitrines, aux terrasses des cafés s'est installé l'été et tout fleure bon une infinie douceur de vivre. Adossé à un réverbère un flic nonchalamment roule une cigarette. Aussi — je ne sais pas si cela vous est déjà arrivé, peut-être —, comment réagir lorsque vous croisez des dizaines de quidams bottes aux pieds, sanglés dans leur imperméable comme dans un uniforme et recroquevillés telles des momies sous leurs parapluies! Intrigué au plus fort je questionne, m'informe aussitôt: la plupart de ces loufoques sans sourciller m'affirment qu'il pleut. C'est du sérieux. Comme je me hasarde à émettre un doute, à désigner du doigt le ciel, alors soudain cinq ou six de ces détraqués se jettent sur moi et, d'un ton menaçant, me répliquent être de toute façon assez nombreux à brandir des parapluies pour avoir la vérité de leur côté et que, par là même, il pleut. Convenons-en momentanément, je me dis, puisque aux terrasses des cafés personne n'a bronché, ni le flic sous son réverbère encore tout occupé à rouler sa cigarette et qu'il n'entre pas dans mes préoccupations immédiates de me faire inutilement écharper.

Mon ami Claude Malchiodi (de Nancy) récemment me raconte comment, souhaitant se rendre à Romorantin par le train, il s'enquiert au guichet de la gare du moyen le plus commode, horaires et correspondances éventuelles, pour y parvenir dans les meilleurs délais. Aller à Romorantin par le train ne représente pas, de prime abord, une bien grande expédition pour Malchiodi qui, négociant en épouvantails de son état, a l'habitude de parcourir la planète en tous sens et toutes saisons et plus particulièrement les pays en guerre, bien sûr. Cependant, de quelle façon expliquer sa confusion quand il lui fut répondu sèchement qu'on ne pouvait lui accorder un titre de transport qu'à destination exclusive de Pontcharra-sur-Turdine et rien d'autre et, qu'en conséquence, il devait se résigner à rejoindre au plus vite Pontcharra-sur-Turdine puisque ayant publiquement émis le vœu de voyager? Et, zou! le voici par deux agents costauds de la Compagnie des Chemins de Fer et Wagons-Lits prestement embarqué dans un compartiment à destination du patelin enchanté! L'anecdote serait banale et même prêterait à sourire si elle ne venait hélas! tristement confirmer dans quel état de délabrement mental nous vivons et combien nous menacent les réactions hétéroclites de toutes sortes, des uns ou des autres.

Tant d'autres faits similaires seraient à rapporter, tous aussi extravagants et dépassant l'entendement, si nous n'étions là seulement inquiet pour l'avenir et non point avide de dénoncer les hérésies de même acabit, voire plus périlleuses encore. J'ai parfaitement conscience, grand Dieu oui!, des risques encourus à s'exposer ainsi en racontant par le menu les bizarreries dont, quasi quotidiennement, je suis le témoin attentif et atterré aux zincs des cafés autant qu'aux salons où l'on cause dans le douillet des demeures bourgeoises. Quand même, impossible de ne pas s'interroger parfois sur ces gens qui, avec l'ardeur fiévreuse des convaincus, vous certifient que tous les chemins alentour mènent à Rome (pour n'y avoir d'ailleurs jamais risqué leurs propres souliers), vous adjurent de crier partout qu'il pleut quand le ciel est bleu et voudraient vous faire prendre de force le chemin du Diable Vauvert lorsque vous aspirez tout simplement à la bienheureuse paix de Romorantin. Étourderie universelle ou malveillance manifeste ? Entre les deux, pourrons-nous jamais départager ?...

En fait, il faut bien le reconnaître, si la Terre reste pour l'instant assez ronde et toujours tourne autour du Soleil, depuis que les boussoles n'indiquent plus le nord on ne sait pas précisément ce qui se passe dans ce pays désemparé, ni vraiment où l'on va.

Question de plomberie existentielle

Parfois j'en viens à me demander, non sans en nourrir quelque inquiétude, si à la place d'une cervelle que d'aucuns jugent déjà un peu évaporée, je n'aurais pas tout bonnement dans la tête une grosse boîte de camembert vide. C'est la question qui m'a agité dès le réveil ce matin et il m'a fallu ensuite, devant une telle éventualité, faire face toute une partie de la journée à une grande sauvagerie intérieure pour ne pas sombrer corps et biens dans le pire des désespoirs. Alors tout d'un coup, pour faire contre-feu à la folie qui menaçait, je me suis, sans réfléchir une seconde de plus, affairé comme un beau diable à déboucher la cuvette des W.-C., depuis hier engorgée et rendue de ce fait inutilisable. Grâce à Dieu, je vins à bout de la délicate besogne en quelques heures seulement et cela m'a un tantinet rassuré pour le restant de l'après-midi. Je me dis en effet qu'il fallait être ingénieux, ou pour le moins posséder deux sous de jugeote, pour parvenir ainsi à désengorger une cuvette de W.-C., et déjà, me tapotant le front de l'index et du majeur, je sentis soudain mon crâne sonner un peu moins creux. Bref, ça allait mieux.

Il y a des questions, comme ça, qu'on se pose à soi-même et qui souvent vous encombrent l'esprit comme un bouchon de matières fécales dans une cuvette de W.-C.; comme un robinet qui s'obstine à fuir, sans raison apparente, mais seulement dans le dessein sordide de vous humilier et vous rendre fou pour toujours ou alors comme lorsque vous avez invité de soi-disant amis et n'avez eu le temps de préparer un dessert (le pâtissier chez lequel vous vous précipitez a fermé boutique depuis lurette!), et vous vous angoissez pour savoir si ces gens-là vont débarquer avec un saint-honoré ou un sale petit bouquet de fleurs rouges et jaunes. Enfin, je ne sais pas mais, comment dire?, il y a tout un tas de questions, comme ça, qui font partie de la plomberie existentielle et qu'il vaudrait mieux traiter par le mépris ou bien reléguer dans le placard à balais que tout un chacun possède dans un coin de sa tête et qui s'appelle l'endroit de l'oubli.

Immanquablement vos pique-assiette arriveront avec une plante verte, bien sûr. Le robinet du lavabo égrènera son goutte-à-goutte, quoi que vous y fassiez, éternellement tels les grains de son chapelet un anachorète halluciné. Et vous avalerez alors un anxiolytique de plus que la dose prescrite, sans pour cela parvenir à résoudre le plus petit problème de la planète avec, en prime, la peur permanente d'avoir seulement une boîte de camembert vide dans la tête. Non, plutôt empoigner les deux premiers pinceaux venus et, sans plus attendre, peindre à deux mains une fresque maorie sur le mur de la cuisine; ainsi faisait Gauguin lorsqu'il se demandait d'où il venait et, mon Dieu! cela ne lui a pas trop mal réussi. On peut aussi se coller des heures durant devant le miroir mural du salon et, tout ce temps, ne songer à rien d'autre de plus sérieux que faire bouger ses oreilles! Mille petites ficelles de la sorte font qu'il est souvent possible d'échapper au pire, parce qu'il faut bien considérer que, de toute façon, toutes les questions sont inutiles et les réponses fausses.

Alors pourquoi, après une journée tellement tourmentée en interrogations toutes plus futiles les unes que les autres, s'en aller tenter de dormir avec, en tête, une boîte de camembert encore bourrée de problèmes insolubles se rapportant déjà au lendemain? N'est-ce pas se montrer un peu trop sûr de soi, aussi de son destin, que chercher en vain à prendre le soir une décision concernant le matin? Et pourtant voici que je tourne et retourne dans mon lit, sans pouvoir attraper le moindre morceau de sommeil; m'interrogeant sur ce que j'ai fait aujourd'hui et voulant savoir si demain sera à nouveau occupé à déboucher quelque lavabo véreux et transformer cet exploit en petit poème existentiel? À quoi bon ma vie immobile dans ce trou noir, je me dis, quand partout alentour s'agitent des ingénieurs en aéronautique, parcourent en tous sens la planète Messieurs les Administrateurs des Îles Éparses et que des experts assermentés près les tribunaux expertisent tandis qu'ailleurs attaquent formidablement des banques des bandits prodigieux? Vrai, comment ne pas se demander ce que l'on est venu faire là au milieu et d'où nous vient cette audace de respirer le même air qu'eux?

Il est déjà fort tard dans la nuit quand, sous le couvercle de ma boîte de camembert, je parviens à réduire tous ces gens importants en bouillie et ramener leurs prétentions au niveau des miennes; alors, adieu plomberie existentielle ! je glisse enfin vers le sommeil, tel un lézard sous la lune, lentement avançant sur ses petites pattes à la recherche de trèfles à quatre feuilles dans le gravier des cimetières.

Souvent je préfère parler tout seul

«Hein!» je dis méchamment, pour lui faire répéter ce que j'ai très bien compris, à savoir que je suis un fichu bon à rien. C'est vrai, par ailleurs, qu'il m'est tout à fait possible de passer une demi-journée devant un verre de blanc à seulement regarder s'affairer autour de moi les gens et n'en retirer, la plupart du temps, qu'une idée de futilité et d'inutile. Est-ce cependant suffisante raison pour souhaiter m'éliminer de la planète? «Oui!» il dit, sans sourciller. C'est une affirmation carrée et qui me laisse coi. Un instant me traverse l'esprit la drôle d'impression d'être négro, juif, pédé, tzigane et bicot aussi. C'est étonnant comme cette sensation soudain me réconforte et me met le cœur plein d'entrain. Je le lui dis en rigolant. Il trouve que cela n'arrange pas mon cas. «On peut tout de même se montrer fier d'être nègre et pédé, merde!» J'esquive de justesse un mauvais coup; mon ange gardien y laisse deux dents et quelques plumes.

Il y a des quidams, de cet acabit et que l'on croise souvent aux comptoirs des cafés de nuit, avec lesquels discuter du Soleil ou de la Lune, ou même de rien du tout d'essentiel pour l'avenir des marées, peut parfois vous faire friser la corrida avec mise à mort dans des latrines à la turque au fond d'arrière-cours empestant solidement l'éther et la vinasse des faubourgs. J'ai vu, jadis, finir de la sorte plusieurs amis malavisés et dont la situation dans l'immobilier semblait pourtant déjà fort bien assurée. Des presque parvenus d'allure mal peignée, cervelle d'oiseau sous crâne de bœuf, d'un uppercut fatal avaient ainsi mis fin à leur frivole jeunesse et abîmé définitivement un avenir des plus prometteurs, sous le seul prétexte d'un mot de travers échangé entre deux demis de mauvaise bière. Depuis, et bien que chicanier en diable par nature, j'ai appris à user d'une lâcheté méticuleusement calculée quand l'urgence s'impose et parer au plus pressé pour éviter le pire. Vouloir vivre encore et en bon état, à mon âge, est sans doute saugrenu, certes; mais humain tout de même.

«Alors, comme ça, tu te sens nègre! — Disons que, souvent, j'ai l'âme assez charbonneuse et les idées un peu crépues... Patron! remettez-nous ça», j'enchaîne illico comme pour adoucir la métaphore et lui donner l'occasion de saisir son verre plutôt que le col de ma liquette. Il trinque aux perroquets, mélange de Pernod et de menthe; ça ne peut pas faire de mal, il certifie; je reste fidèle aux blancs secs; des petits ballons, les uns après les autres, serein. Peut-être, tel un bateau borgne, la nuit roulera-t-elle ainsi, sans effraction, doucement jusqu'à l'aube, tous deux debout devant ce comptoir qui tangue et d'où je m'efforce, comme un damné, de coordonner le chaos. «Vraiment, moi, les nègres et les feignants j'encaisse pas!»... Peut-être, à travers la demi-brume des alcools mélangés, s'établira-t-il peu à peu entre nous un climat de guerre tribale; alors, apprenti matelot à court de mots pour se protéger, sans doute sortira-t-il de sa poche le couteau fatal pour trancher. Qui peut dire ce dont la nuit est capable d'accoucher?...

Quand un oiseau a des dents, sa seule idée est de mordre. Quand les chats auront des ailes, certainement leur unique obsession sera de bouffer de l'oiseau en plein vol. Même s'ils n'ont pas faim. Surtout s'ils n'ont pas faim et d'abord pour se prouver une fois de plus qu'ils ne sont pas de la même espèce et prendre ainsi du plaisir à s'entre-dévorer. Lâchez deux pauvres bougres en guenilles sur un terrain vague au bout du vide: toujours l'aveugle, à tâtons, n'aura de cesse qu'il n'ait tué le borgne. Depuis vingt siècles c'est la sempiternelle litanie, et vingt siècles encore à philosopher accoudé au zinc de ce bar n'y changeront couic! — «Si tu ne fous rien, tu ne mérites pas plus de vivre qu'un nègre!» il dit, cabossant du poing un morceau du comptoir. Vite! le patron remet sa tournée, «C'est la mienne», qui précise aussitôt: «Ici on ne sert ni les Nègres, ni les Arabes; c'est comme ça.» Je compte mes sous, paie mon écot, me demande ce que je suis venu faire à ramer une partie de la nuit pour rien sur cette maudite galère. Sans doute la vaine et indécrottable manie de toujours vouloir changer le monde?...

Dehors, sous un ciel noir roule une lune rouge. C'est la nuit; la vraie. Ceux qui dans la journée ont tué sont contents et dorment; rares sont les lucarnes inquiètes derrière lesquelles vacille encore un peu de lumière. Longtemps je marche, tranquille dans le désert de la ville, vers rien du tout et pour nulle part, me surprenant soudain à parler seul... En fait, il faut bien l'avouer maintenant, la plupart du temps, je crois que je préfère parler tout seul.

Je suis bien nulle part

C'est parce que ce matin j'étais comme une maison sans étage, invivable, que j'ai claqué derrière moi la porte et qu'en voiture j'ai roulé le plus vite possible vers la ville où des femmes en pantalons moulants fument dans les rues et dans les bars boivent du vin pur, où des gars en maillots de marin blancs à raies bleues leur chuchotent à l'oreille qu'elles sont belles comme un film de Fellini simplement dans l'espoir insensé de se retrouver nus dans leur lit. Ce sont mes endroits préférés dans les villes, les rues et les bars; et c'est mon occupation préférée d'y traînasser sans fin jusqu'à plus soif, jusqu'à avoir l'échine brisée par l'errance et là, dans ce décor sauvage et hétéroclite, à la fois irréel et rude, toute la journée mes yeux regardent, mon esprit vagabonde et mon âme s'emplit de sensations qui défient toute description tant elles sont enivrantes!

C'est dans l'atmosphère irrespirable des troquets à cibiches où coulent à débauche le rouge qui tache et le blanc qui brille que je récupère un peu de mon souffle parce que, la plupart du temps, l'air inutile et la mélancolie bocagère de la campagne me condamnent au garrot, au mieux me mènent tout droit à l'anémie mentale et je me retrouve alors comme une maison sans étage, un moulin sans ailes, tout juste bon à être démoli. Donc ce matin j'ai roulé jusqu'à la ville, en me disant que j'allais chasser de moi cette certitude de catastrophe qui m'habitait depuis le réveil et, mon vieux, tu vas faire ample provision de vacarme des rues, de va-et-vient des cafés-tabacs, de vitrines et de regards et tomber certainement sur mille énergumènes étourdissants; voilà ce que je me disais en roulant tandis qu'à travers le pare-brise le soleil, encore à poil, venait délicatement m'effleurer les mirettes et me ravigoter les idées.

Par-dessus le parapet du premier pont venu que je traversai, le pont Wilson il me semble (celui qui enjambe le Rhône à hauteur de la rue Childebert pour joindre la rue Servient), je larguai mon humeur chiffonnée et mes pensées suicidaires et les péniches qui passaient par là aboyèrent un long coup et embarquèrent ce balluchon de misère jusqu'à Port-de-Bouc au moins et peut-être même jusqu'à la mer. Me voici léger soudain et libre comme l'air! Alors je me mets à arpenter le bitume des trottoirs en quête de tout et de rien du tout, à la traque du bizarre comme du banal, m'occupant seulement à pousser au hasard quelques portes; ici pour prendre sur le pouce un calva au zinc minuscule d'un bouchon aveugle, ailleurs voyageant des heures au profond d'une banquette de moleskine capitonnée cossue — toc ou chic, tout fait mon affaire! Et tant que mes jambes me portent, j'arpente; et tant que mes pieds vont l'un devant l'autre, je les fais aller ainsi et je continue ainsi, sans souci du jour ni de la nuit, et je suis bientôt comme une maison avec de plus en plus d'étages, un véritable gratte-ciel qui maintenant scintille dans la nuit!

C'est parce que dans l'aube flageolante du lendemain, sur un rebord de trottoir du bout du monde, je me suis senti tout d'un coup comme une maison avec beaucoup trop d'étages pour pouvoir jamais en redescendre seul et courir torse nu dans la rue, que m'a pris soudain l'invincible envie de regagner dare-dare ma campagne bocagère et retrouver mes chats, et toi au coin du feu, et m'asseoir tranquille un moment, tricoter à nouveau les folies et les terreurs quotidiennes maille à maille, avant que ne me ressaisissent — bientôt! — la nostalgie de la ville et l'irrésistible attrait de ses bistrots.

Tu vois, je crois qu'en fait ce que j'aime bien, là où je suis le mieux je veux dire, c'est précisément dans ce nulle part qui mène d'un point à un autre; parce qu'être amarré au port ou dériver en ville c'est la même fragilité de vivre et que partir pas plus qu'arriver n'a jamais été mon métier.

*Inutile et tranquille,
définitivement*

Plutôt qu'attendre en vain l'arrivée des renforts dans un navet des années trente en noir et blanc, espérer le jackpot d'une machine à sous complètement détraquée ou entreprendre la grimpée du Ventoux avec des guibolles de garçon de café, mieux vaut sagement renoncer à toute ambition démesurée et se contenter de suçoter des roudoudous au coin des rues dans l'expectative d'une blonde qui passerait par là promenant son chien, voire d'un vieux copain avec qui terminer la journée en tirant des plans sur la comète au profond des banquettes de moleskine du *Bar des Voyageurs*. Quoi de plus sain, en effet, que regarder tranquillement le temps passer sans la moindre prétention à vouloir le rattraper ? Et pourquoi baisser la tête pour avoir l'air d'un coureur quand on peut, peinard sur les petits chemins, faire du vélo sans les mains ? Ainsi, des lustres durant, pratiquaije tout à mon avantage cette philosophie de chiffonnier, jusqu'au jour où.

D'abord, de la porcelaine brisée un beau matin m'est tombée entre les pattes qu'il a fallu passer un temps fou à raccommoder sous peine de perdre à jamais son amour et ses baisers. Elle était comme ça qu'il fallait toujours que tout soit recollé, des soucoupes dépareillées aux verres incassables cassés, et qu'aucun morceau de notre bonne fortune ne reste plus d'un jour ne serait-ce qu'ébréché. Adepte d'un bonheur inox et compact, elle traquait obstinément les minuscules fêlures, les plus petites failles susceptibles de menacer notre félicité et moi j'arpentais fiévreusement ses terres fourragères, toujours un tube de colle à portée de main pour rabibocher le moindre brin d'herbe sous nos pas abîmé, rafistoler les fleurs flétries dont elle ne voulait voir aucun pétale tomber. Autant avouer que cet infrangible amour dévorait ma vie au point de ne me laisser une seule seconde de liberté pour m'ôter les poils du nez. Espérer un tantinet respirer c'était tout à fait comme attendre l'arrivée des renforts dans un film en noir et blanc des années trente !

Ensuite j'eus le malheur, à peu près à la même époque et pour faire diversion à cet amour par trop accaparant, de commencer à m'amuser avec les mots. Distraction anodine et des plus discrètes dans un premier temps, qui me permettait d'échapper quelques instants à cet obsédant bonheur dont j'étais l'innocente victime et me procurait la satisfaction de voir, sur une feuille blanche et par la magie d'un simple bout de crayon, toutes mes revendications couler en phrases enflammées jusqu'à former une prodigieuse épopée! Hélas, comme il n'y eut bientôt plus assez de mots dans les dictionnaires pour crier ma colère, j'allai les chercher dans la rue, en plein air, et cette activité de crocheter le verbe à même poubelles et caniveaux me fit remarquer tantôt par des capitaines d'industrie en quête de nègres à pressurer qui me trouvèrent bien du talent et m'embauchèrent sur-le-champ. Alors adieu ratures tranquilles et furtives à la lampe du soir: de ce jour, tel un petit malfaiteur de justesse réchappé des galères, j'étais devenu pisse-copie à plein temps et penser se dérober à ces oiseleurs et leur trébuchet infernal, c'était un peu comme attendre le jackpot d'une machine à sous complètement détraquée!

Entre cet amour-passion qui dévorait les trois quarts de mes rêves ne me laissant le moindre interstice pour m'adonner à la paresse et cette triste corvée d'écrire qui absorbait tout du peu d'air dont je disposais encore pour ne pas suffoquer, qu'est devenue ta vie? je me disais parfois et alors, invariablement, je pensais à ces types, comme ça, qui passent tout l'été à pousser devant eux une tondeuse à gazon et s'imaginent, ensuite, avoir fait le tour du monde du détroit de Béring aux Dardanelles, bien droits sur leurs petites cuisses de garçons de café. Moi c'était refaire du vélo sans les mains dont je rêvais, bien sûr, et aussi baguenauder pépère sur les petits chemins. Être rien du tout, en somme, me convenait bien et je regrettais drôlement les temps anciens où, loin du début des hostilités, il suffisait de me laisser aller à mes sales habitudes de bohème et n'en fiche pas une secousse pour trouver admirable la vie et plaisants les jours, laissant aux chrétiens et aux pendus les questions angoissantes qui vous serrent le kiki et l'inutile tourment de l'infini. Mon Dieu! comment faire machine arrière maintenant et me tirer d'un tel guêpier? je me dis...

Ce matin, eurêka!, j'ai trouvé! J'ai enfourché sans plus réfléchir mon vieux vélo. J'ai pédalé, pédalé, pédalé! Filochard, Ribouldingue, Croquignol! Dans mon dos doucement soleil et saisons se sont effacés. Adieu porcelaines brisées, mou de bœuf, tondeuses à gazon, garçons de café! À moi pour toujours la vaste liberté des écervelés! Et quand vers le soir j'ai franchi les pointillés d'un pays flou et indéterminé, alors pas besoin de me retourner : trois fois personne, plus rien, nulle part. Seule, au milieu d'un morceau de désert, l'immense tour penchée dont j'escaladai sans plus attendre l'escalier ; parvenu au sommet poussai la porte ouvrant toute grande sur le vide et, là, me retrouvai enfin chez moi, inutile et tranquille ; définitivement.

« Si je me trouvais à bord d'un bateau sur le point de couler, je serais prêt à composer une chanson, tout en sachant que personne ne l'écouterait jamais. »

TOWNES VAN ZANDT

Je n'ai pas grand-chose à dire en ce moment	13
Des nouvelles du temps	17
Poème du cancer des bronches	22
Le placard	27
C'était un gars avec une vespa et des chaussettes vertes	31
137, rue Cuvier	36
Rêver à Romorantin	40
Le petit poète blanc aurait préféré être un grand nègre	45
Les bégonias de Nasbinals, Thomas Bernhard et les écureuils	49
Histoire de têtes	54
Un saint homme	57
Toute une vie bien ratée	62
Tant de choses nous échappent!	67
Les années Arlette	72
Les anges souvent sont assez indulgents	76
L'écrivain	81

Une andouillette abandonnée par ses parents   86
Monologue avec un ami absent   90
On ne sait pas vraiment où l'on va   95
Question de plomberie existentielle   100
Souvent je préfère parler tout seul   105
Je suis bien nulle part   109
Inutile et tranquille, définitivement   113

DU MÊME AUTEUR

Aux Éditions Gallimard

JE NE SUIS PAS UN HÉROS, récits, «L'Arpenteur», 1993
TOUTE UNE VIE BIEN RATÉE, récits, «L'Arpenteur», 1997
L'ÉTERNITÉ EST INUTILE, récits (en préparation)

Chez d'autres éditeurs

JOURS ANCIENS, 1980, réédition augmentée 1986, L'Arbre/Jean Le Mauve (02370 Aizy-Jouy)

HISTOIRES SECRÈTES, 1982 (épuisé), L.O. Four

L'ANGE AU GILET ROUGE, nouvelles, 1990, Syros

LES RADIS BLEUS, 1991, Le Dé Bleu/Louis Dubost (85310 Chaillé-sous-les-Ormeaux)

CHRONIQUES DES FAITS, 1992, L'Arbre/Jean Le Mauve (02370 Aizy-Jouy)

IMPRESSIONS DE LOZÈRE : LA MARGERIDE, 1992, Les Presses du Languedoc (ouvrage collectif)

LÉGENDE DE ZAKHOR, 1996, L'Arbre à paroles (Bruxelles)

13, QUAI DE LA PÉCHERESSE, 69000 LYON, 1999, Éditions du Ricochet (ouvrage collectif)

COLLECTION FOLIO

Dernières parutions

3383. Jacques Prévert — *Imaginaires.*
3384. Pierre Péju — *Naissances.*
3385. André Velter — *Zingaro suite équestre.*
3386. Hector Bianciotti — *Ce que la nuit raconte au jour.*
3387. Chrystine Brouillet — *Les neuf vies d'Edward.*
3388. Louis Calaferte — *Requiem des innocents.*
3389. Jonathan Coe — *La Maison du sommeil.*
3390. Camille Laurens — *Les travaux d'Hercule.*
3391. Naguib Mahfouz — *Akhénaton le renégat.*
3392. Cees Nooteboom — *L'histoire suivante.*
3393. Arto Paasilinna — *La cavale du géomètre.*
3394. Jean-Christophe Rufin — *Sauver Ispahan.*
3395. Marie de France — *Lais.*
3396. Chrétien de Troyes — *Yvain ou le Chevalier au Lion.*
3397. Jules Vallès — *L'Enfant.*
3398. Marivaux — *L'Île des Esclaves.*
3399. R.L. Stevenson — *L'Île au trésor.*
3400. Philippe Carles et Jean-Louis Comolli — *Free jazz, Black power.*
3401. Frédéric Beigbeder — *Nouvelles sous ecstasy.*
3402. Mehdi Charef — *La maison d'Alexina.*
3403. Laurence Cossé — *La femme du premier ministre.*
3404. Jeanne Cressanges — *Le luthier de Mirecourt.*
3405. Pierrette Fleutiaux — *L'expédition.*
3406. Gilles Leroy — *Machines à sous.*
3407. Pierre Magnan — *Un grison d'Arcadie.*
3408. Patrick Modiano — *Des inconnues.*
3409. Cees Nooteboom — *Le chant de l'être et du paraître.*
3410. Cees Nooteboom — *Mokusei !*
3411. Jean-Marie Rouart — *Bernis le cardinal des plaisirs.*
3412. Julie Wolkenstein — *Juliette ou la paresseuse.*
3413. Geoffrey Chaucer — *Les Contes de Canterbury.*
3414. Collectif — *La Querelle des Anciens et des Modernes.*

3415.	Marie Nimier	*Sirène.*
3416.	Corneille	*L'Illusion Comique.*
3417.	Laure Adler	*Marguerite Duras.*
3418.	Clélie Aster	*O.D.C.*
3419.	Jacques Bellefroid	*Le réel est un crime parfait, Monsieur Black.*
3420.	Elvire de Brissac	*Au diable.*
3421.	Chantal Delsol	*Quatre.*
3422.	Tristan Egolf	*Le seigneur des porcheries.*
3423.	Witold Gombrowicz	*Théâtre.*
3424.	Roger Grenier	*Les larmes d'Ulysse.*
3425.	Pierre Hebey	*Une seule femme.*
3426.	Gérard Oberlé	*Nil rouge.*
3427.	Kenzaburô Ôé	*Le jeu du siècle.*
3428.	Orhan Pamuk	*La vie nouvelle.*
3429.	Marc Petit	*Architecte des glaces.*
3430.	George Steiner	*Errata.*
3431.	Michel Tournier	*Célébrations.*
3432.	Abélard et Héloïse	*Correspondances.*
3433.	Charles Baudelaire	*Correspondance.*
3434.	Daniel Pennac	*Aux fruits de la passion.*
3435.	Béroul	*Tristan et Yseut.*
3436.	Christian Bobin	*Geai.*
3437.	Alphone Boudard	*Chère visiteuse.*
3438.	Jerome Charyn	*Mort d'un roi du tango.*
3439.	Pietro Citati	*La lumière de la nuit.*
3440.	Shûsaku Endô	*Une femme nommée Shizu.*
3441.	Frédéric. H. Fajardie	*Quadrige.*
3442.	Alain Finkielkraut	*L'ingratitude.* Conversation sur notre temps
3443.	Régis Jauffret	*Clémence Picot.*
3444.	Pascale Kramer	*Onze ans plus tard.*
3445.	Camille Laurens	*L'Avenir.*
3446.	Alina Reyes	*Moha m'aime.*
3447.	Jacques Tournier	*Des persiennes vert perroquet.*
3448.	Anonyme	*Pyrame et Thisbé, Narcisse, Philomena.*
3449.	Marcel Aymé	*Enjambées.*
3450.	Patrick Lapeyre	*Sissy, c'est moi.*
3451.	Emmanuel Moses	*Papernik.*
3452.	Jacques Sternberg	*Le cœur froid.*

3453.	Gérard Corbiau	*Le Roi danse.*
3455.	Pierre Assouline	*Cartier-Bresson (L'œil du siècle).*
3456.	Marie Darrieussecq	*Le mal de mer.*
3457.	Jean-Paul Enthoven	*Les enfants de Saturne.*
3458.	Bossuet	*Sermons. Le Carême du Louvre.*
3459.	Philippe Labro	*Manuella.*
3460.	J.M.G. Le Clézio	*Hasard* suivi de *Angoli Mala.*
3461.	Joëlle Miquel	*Mal-aimés.*
3462.	Pierre Pelot	*Debout dans le ventre blanc du silence.*
3463.	J.-B. Pontalis	*L'enfant des limbes.*
3464.	Jean-Noël Schifano	*La danse des ardents.*
3465.	Bruno Tessarech	*La machine à écrire.*
3466.	Sophie de Vilmorin	*Aimer encore.*
3467.	Hésiode	*Théogonie et autres poèmes.*
3468.	Jacques Bellefroid	*Les étoiles filantes.*
3469.	Tonino Benacquista	*Tout à l'ego.*
3470.	Philippe Delerm	*Mister Mouse.*
3471.	Gérard Delteil	*Bugs.*
3472.	Benoît Duteurtre	*Drôle de temps.*
3473.	Philippe Le Guillou	*Les sept noms du peintre.*
3474.	Alice Massat	*Le Ministère de l'intérieur.*
3475.	Jean d'Ormesson	*Le rapport Gabriel.*
3476.	Postel & Duchâtel	*Pandore et l'ouvre-boîte.*
3477.	Gilbert Sinoué	*L'enfant de Bruges.*
3478.	Driss Chraïbi	*Vu, lu, entendu.*
3479.	Hitonari Tsuji	*Le Bouddha blanc.*
3480.	Denis Diderot	*Les Deux amis de Bourbonne* (à paraître).
3481.	Daniel Boulanger	*Le miroitier.*
3482.	Nicolas Bréhal	*Le sens de la nuit.*
3483.	Michel del Castillo	*Colette, une certaine France.*
3484.	Michèle Desbordes	*La demande.*
3485.	Joël Egloff	*«Edmond Ganglion & fils».*
3486.	Françoise Giroud	*Portraits sans retouches (1945-1955).*
3487.	Jean-Marie Laclavetine	*Première ligne.*
3488.	Patrick O'Brian	*Pablo Ruiz Picasso.*
3489.	Ludmila Oulitskaïa	*De joyeuses funérailles.*

3490. Pierre Pelot	*La piste du Dakota.*
3491. Nathalie Rheims	*L'un pour l'autre.*
3492. Jean-Christophe Rufin	*Asmara et les causes perdues.*
3493. Anne Radcliffe	*Les Mystères d'Udolphe.*
3494. Ian McEwan	*Délire d'amour.*
3495. Joseph Mitchell	*Le secret de Joe Gould.*
3496. Robert Bober	*Berg et Beck.*
3497. Michel Braudeau	*Loin des forêts.*
3498. Michel Braudeau	*Le livre de John.*
3499. Philippe Caubère	*Les carnets d'un jeune homme.*
3500. Jerome Charyn	*Frog.*
3501. Catherine Cusset	*Le problème avec Jane.*
3502. Catherine Cusset	*En toute innocence.*
3503. Marguerite Duras	*Yann Andréa Steiner.*
3504. Leslie Kaplan	*Le Psychanalyste.*
3505. Gabriel Matzneff	*Les lèvres menteuses.*
3506. Richard Millet	*La chambre d'ivoire...*
3507. Boualem Sansal	*Le serment des barbares.*
3508. Martin Amis	*Train de nuit.*
3509. Andersen	*Contes choisis.*
3510. Defoe	*Robinson Crusoé.*
3511. Dumas	*Les Trois Mousquetaires.*
3512. Flaubert	*Madame Bovary.*
3513. Hugo	*Quatrevingt-treize.*
3514. Prévost	*Manon Lescaut.*
3515. Shakespeare	*Roméo et Juliette.*
3516. Zola	*La Bête humaine.*
3517. Zola	*Thérèse Raquin.*
3518. Frédéric Beigbeder	*L'amour dure trois ans.*
3519. Jacques Bellefroid	*Fille de joie.*
3520. Emmanuel Carrère	*L'Adversaire.*
3521. Réjean Ducharme	*Gros Mots.*
3522. Timothy Findley	*La fille de l'Homme au Piano.*
3523. Alexandre Jardin	*Autobiographie d'un amour.*
3524. Frances Mayes	*Bella Italia.*
3525. Dominique Rolin	*Journal amoureux.*
3526. Dominique Sampiero	*Le ciel et la terre.*
3527. Alain Veinstein	*Violante.*
3528. Lajos Zilahy	*L'Ange de la Colère (Les Dukay tome II).*
3529. Antoine de Baecque et Serge Toubiana	*François Truffaut.*

3530. Dominique Bona — *Romain Gary.*
3531. Gustave Flaubert — *Les Mémoires d'un fou.*
Novembre. Pyrénées-Corse.
Voyage en Italie.
3532. Vladimir Nabokov — *Lolita.*
3533. Philip Roth — *Pastorale américaine.*
3534. Pascale Froment — *Roberto Succo.*
3535. Christian Bobin — *Tout le monde est occupé.*
3536. Sébastien Japrisot — *Les mal partis.*
3537. Camille Laurens — *Romance.*
3538. Joseph Marshall III — *L'hiver du fer sacré.*
3540 Bertrand Poirot-Delpech — *Monsieur le Prince*
3541. Daniel Prévost — *Le passé sous silence.*
3542. Pascal Quignard — *Terrasse à Rome.*
3543. Shan Sa — *Les quatre vies du saule.*
3544. Eric Yung — *La tentation de l'ombre.*
3545. Stephen Marlowe — *Octobre solitaire.*
3546. Albert Memmi — *Le Scorpion.*
3547. Tchékhov — *L'Île de Sakhaline.*
3548. Philippe Beaussant — *Stradella.*
3549. Michel Cyprien — *Le chocolat d'Apolline.*
3550. Naguib Mahfouz — *La Belle du Caire.*
3551. Marie Nimier — *Domino.*
3552. Bernard Pivot — *Le métier de lire.*
3553. Antoine Piazza — *Roman fleuve.*
3554. Serge Doubrovsky — *Fils.*
3555. Serge Doubrovsky — *Un amour de soi.*
3556. Annie Ernaux — *L'événement.*
3557. Annie Ernaux — *La vie extérieure.*
3558. Peter Handke — *Par une nuit obscure, je sortis de ma maison tranquille.*
3559. Angela Huth — *Tendres silences.*
3560. Hervé Jaouen — *Merci de fermer la porte.*
3561. Charles Juliet — *Attente en automne.*
3562. Joseph Kessel — *Contes.*
3563. Jean-Claude Pirotte — *Mont Afrique.*
3564. Lao She — *Quatre générations sous un même toit III.*
3565. Dai Sijie — *Balzac et la Petite Tailleuse chinoise.*

Composition Jouve.
Impression Bussière à Saint-Amand (Cher),
le 8 octobre 2001.
Dépôt légal : octobre 2001.
1er dépôt légal dans la collection : avril 1999.
Numéro d'imprimeur : 16131.
ISBN 2-07-040847-7./Imprimé en France.

8592